저니맨 김태식 13

설경구 장편소설

초판 1쇄 찍은 날 § 2018년 7월 5일
초판 1쇄 펴낸 날 § 2018년 7월 12일

지은이 § 설경구
펴낸이 § 서경석

총괄팀장 § 최하나
편집책임 § 이선근
편집 § 김슬기

펴낸곳 § 도서출판 청어람
등록번호 § 제387-1999-000006호
등록일자 § 1999. 5. 31
어람번호 § 제1-2928호

주소 § 경기도 부천시 부일로 483번길 40 서경B/D 3F (우) 14640
전화 § 032-656-4452 팩스 § 032-656-4453
http://www.chungeoram.com
E-mail § chungeorambook@daum.net

ISBN 979-11-316-91776-9 04810
ISBN 979-11-316-91421-8 (세트)

설경구 장편소설

FUSION
FANTASTIC
STORY

13

[완결]

저니맨
김태식

청어람
도서출판

저니맨
김태식

Contents

1. 마음가짐의 차이

최종 스코어 7 : 0.

샌디에이고 파드리스는 샌프란시스코 자이언츠와의 3연전 2경기마저 잡아내면서 위닝 시리즈를 확보했다.

6이닝 무실점.

샌디 바에즈가 1회 초에 위기를 맞은 이후 안정적으로 마운드를 지키는 사이, 샌디에이고 파드리스의 타선이 힘을 냈다.

김태식과 코리 스프링어, 티나 코르도바로 이어지는 막강 클린업트리오는 5타점을 합작하면서 화력을 뽐냈다.

"팀 셔우드 감독의 역량이 뛰어난 건가?"

유인수가 꺼낸 말을 들은 송나영이 고개를 흔들었다.

"딱히 한 게 없는 것 같은데요."

"응?"

"오늘 경기는 선수들이 다 했잖아요."

경기 초반의 위기를 넘긴 샌디 바에즈는 완벽에 가까운 투구를 펼쳤다.

샌디에이고 파드리스 이적 후 첫 무실점 경기.

더구나 가장 중요한 시점에 팀이 승리할 수 있는 발판이 되는 완벽 투구를 펼치며 자신의 가치를 증명해 냈다.

"신기하군."

"뭐가요?"

"불안 요소가 거짓말처럼 지워졌으니까."

"그렇긴 하네요."

브라이언 스탠튼과 샌디 바에즈.

내셔널 리그 서부 지구 우승을 차지하기 위해서 승부수를 띄운 샌디에이고 파드리스의 불안 요소로 지목된 선수들이었다.

그렇지만 예상은 빗나갔다.

브라이언 스탠튼과 샌디 바에즈는 샌디에이고 파드리스의 불안 요소가 아니라 플러스 요인이었다.

두 선수의 활약 덕분에 샌디에이고 파드리스는 2연승을 달렸으니까.

"대체 무슨 수를 쓴 걸까?"

유인수가 질문했다.

그렇지만 송나영도 자세한 속사정까지는 알지 못했다. 그리고 송나영이 판단하기에 중요한 것은 따로 있었다.

"대체 무슨 수를 썼는지는 몰라도 샌디에이고 파드리스가 승부수를 띄운 후 2연승을 거두면서 LA 다저스와의 격차가 두 경기로 줄었어요."

콜라라도 로키스와 3연전을 치르고 있는 LA 다저스는 접전 끝에 패배하면서 2연패를 당했다.

네 경기의 격차는 두 경기로 빠르게 좁혀졌다.

"이러다 진짜 샌디에이고 파드리스가 지구 우승을 차지하는 것 아냐?"

유인수가 상기된 목소리로 물었다.

그러나 송나영은 회의적인 생각을 갖고 있었다.

LA 다저스가 워낙 저력이 있는 강팀이었기 때문이다.

"절대 쉽지는 않을 거예요."

송나영이 대답과 함께 한마디를 덧붙였다.

"그렇지만 끝이 어떻게 될지 저도 궁금하긴 하네요."

$$*\qquad*\qquad*$$

0 : 0.

샌디에이고 파드리스와 애리조나 다이아몬드 백스의 3연전 마지막 경기는 팽팽한 투수전이 펼쳐졌다.

잭 그랭키 VS 샌디 바에즈.

양 팀의 선발투수는 각각 6이닝을 무실점으로 버텨냈다.

7회 초, 샌디에이고 파드리스의 공격은 2번 타자 호세 론돈부터 시작이었다.

내셔널 리그 최정상급 투수답게 잭 그랭키의 구위와 제구는 완벽에 가까웠다.

슈악!

틱. 데구르르.

잭 그랭키 공략이 쉽지 않다고 판단했기 때문일까.

호세 론돈은 어떻게든 출루하기 위해서 기습 번트를 시도했다.

3루 쪽으로 향하는 번트 타구.

그렇지만 번트 타구가 조금 강했다.

또, 애리조나 다이아몬드 백스의 3루수인 브랜든 루니는 마치 호세 론돈이 기습 번트를 감행할 것을 예측이라도 한 듯 과감하게 대시하며 번트 타구를 처리했다.

"아웃!"

호세 론돈이 전력 질주 했지만, 브랜든 루니의 송구가 1루수의 글러브에 도착하는 게 호세 론돈의 발이 베이스에 닿는 것보다 더 빨랐다.

1사 주자 없는 상황에서 태식이 타석으로 들어섰다.

2타수 무안타.

이전 두 타석에서 태식은 안타를 기록하지 못했다.

첫 타석에서는 헛스윙 삼진을 당했고, 두 번째 타석에서는 2루수 앞으로 굴러가는 내야 땅볼로 물러났다.

'쉽지 않아!'

태식이 타석에 들어서기 전, 한숨을 내쉬었다.

잭 그랭키를 상대하는 것.

오늘이 처음이 아니었다.

이미 지난 몇 차례 경기에서 그가 던지는 공을 상대한 경험이 있었다. 그렇지만 예전에 상대했던 잭 그랭키와 오늘의 잭 그랭키는 달랐다.

자신이 메이저리그 특급 투수로 인정받고 있는 이유를 증명하듯 최고의 피칭을 펼치고 있었다.

태식으로서도 잭 그랭키를 공략할 자신이 없었다.

'기습 번트도… 어렵군!'

대기 타석에서 출루하기 위해서 기습 번트를 감행할까에 대해 잠시 고민했던 태식이 마음을 접었다.

호세 론돈이 먼저 기습 번트를 감행했기 때문이다.

물론 두 차례 연속으로 기습 번트를 시도하는 것도 아주 불가능한 것은 아니었다.

그러나 아까 호세 론돈의 기습 번트 시도 시에 애리조나 다이아몬드 백스 수비진이 보여준 대처는 완벽했다.

'이미 대비하고 있어!'

잭 그랭키의 구위가 완벽해서 공략이 쉽지 않다는 사실을 애리조나 다이아몬드 백스의 야수들도 이미 알고 있었다.

그래서 기습 번트 시도에 대한 대비를 하고 있는 상황에서 재차 기습 번트를 감행하는 것은 무모했다.

'실투를 놓치지 말아야 해!'

현재 가장 좋은 방법은 잭 그랭키가 실투를 던질 때까지 기다렸다가 놓치지 않고 공략하는 것이었다.

그러나 최상의 컨디션인 잭 그랭키가 실투를 던질 확률은 무척 낮았다.

마냥 실투가 들어오길 기다리는 것.

너무 위험했다.

'어떻게 승부해야 할까?'

타석에 들어선 태식이 전광판을 살폈다.

잠시 뒤 태식이 두 눈을 빛냈다.

'마음가짐!'

태식이 퍼뜩 떠올린 것이었다. 그리고 마음가짐의 차이가 있다는 것을 알아챈 순간, 타석에서 어떻게 승부를 해야 할지에 대한 답이 도출됐다.

슈아악!

잭 그랭키의 초구는 몸 쪽 직구.

그런 그의 제구는 완벽했다.

정확한 타이밍에 받아 쳤지만, 타구는 우익선상을 살짝 벗어난 곳에 떨어졌다.

비록 파울이 됐지만, 잭 그랭키의 간담을 서늘케 만들 정도로 잘 맞은 타구였다.

"볼!"

"볼!"

"볼!"

그래서일까.

잭 그랭키는 잇따라 유인구를 던졌다. 그러나 태식이 잘 참아내며 볼카운트는 타자에게 유리하게 바뀌었다.

쓰리 볼 원 스트라이크.

'승부한다!'

태식이 확신을 가진 채 배트를 고쳐 쥐었다.

슈악!

그런 태식의 예상은 적중했다.

잭 그랭키는 바깥쪽 스트라이크존에 걸치는 슬라이더를 던졌다.

딱!

태식이 지체 없이 휘두른 배트의 끝부분에 공이 걸렸다.

3루수의 키를 살짝 넘긴 타구는 좌익선상을 살쩍 벗어나며 아쉽게 파울이 됐다.

풀카운트로 바뀐 상황에서 잭 그랭키가 결정구를 던졌다.

슈악!

'싱커!'

태식이 두 눈을 빛냈다.

오늘 경기에서 잭 그랭키가 결정구로 사용한 싱커의 위력은 대단했다.

첫 타석에서 헛스윙을 한 것도, 두 번째 타석에서 평범한 내야 땅볼이 된 타구도 싱커를 제대로 공략하지 못해서였다.

딱!

싱커임을 뒤늦게 알아챈 태식이 필사적으로 배트를 아래로 내렸다.

"파울!"

간신히 파울을 만들어내는 데 성공한 태식이 안도의 한숨을 내쉬었다.

'다음은?'

수 싸움을 정확히 가져가는 것이 불가능했다.

'엇비슷하면 나간다!'

각오를 굳힌 태식이 신중하게 승부에 임했다.

딱!

딱!

딱!

하이 패스트 볼, 싱커, 슬라이더까지.

잭 그랭키는 여러 구종을 섞어 던지면서 긴 승부를 끝내려 했다. 그리고 태식은 필사적으로 스윙을 가져가면서 파울을 만들어냈다.

"후우!"

태식이 크게 한숨을 내쉬며 타석에서 벗어났다.

슈악!

부우웅!

"스트라이크아웃!"

마침내 길었던 승부가 끝이 났다.

태식은 잭 그랭키의 싱커에 속아서 헛스윙 삼진으로 물러났다.

13구째까지 이어진 승부.

못내 아쉬운 기색을 감추지 못한 채 태식이 전광판을 살폈다.

103구.

긴 승부를 펼치는 과정에서 잭 그랭키의 투구 수가 100개를 넘긴 것을 확인한 태식이 작게 고개를 끄덕였다.

*　　　　*　　　　*

5연승.

샌디에이고 파드리스가 던진 승부수는 먹혔다.

어느덧 5연승을 달리면서 가파른 상승세를 탔다.

그렇지만 LA 다저스는 역시 강팀이었다.

2연패 후 3연승.

콜로라도 로키스에게 LA 다저스가 2연패를 당하면서 격차가 두 경기로 줄어들었을 때만 해도 금세 격차를 좁힐 수 있을 거란 기대가 들었는데.

LA 다저스가 다시 3연승을 달리면서 두 팀의 격차는 더 이상 좁혀지지 않았다. 그리고 오늘 경기에서도 LA 다저스는 샌프란시스코 자이언츠를 상대로 완승을 거두었다.

최종 스코어 11 : 1.

선발투수인 다르빗 유의 호투 속에 타선이 폭발하면서 샌프란시스코 자이언츠를 손쉽게 제압했다.

그래서 오늘 경기가 더욱 중요했다.

"이겨야 하는데!"

오늘 경기를 잡아내고 두 경기의 격차를 유지한 채 LA 다저스와의 최종 3연전에 돌입해야 했다.

그래야 극적인 역전 지구 우승의 가능성이 남기 때문이었다.

그리고 하나 더.

LA 다저스를 강하게 압박할 수 있기 때문이다.

그러나 애리조나 다이아몬드 백스와의 정규 시즌 최종전은 팀 셔우드의 예상보다 훨씬 어렵게 풀렸다.

잭 그랭키의 호투에 타선이 완벽하게 막혔기 때문이다.

'샌디 바에즈가 더 버텨줘야 해!'

7이닝 무실점.

샌디 바에즈는 샌디에이고 파드리스 이적 후 두 번째로 무실점 피칭을 펼치고 있었다.

그렇지만 상대 선발인 잭 그랭키가 워낙 호투하고 있는 탓에 아직 승리투수 요건을 갖추지 못했다.

그리고.

7회 초에도 샌디에이고 파드리스 타선은 잭 그랭키를 공략하는 데 실패했다.

2번 타자 호세 론돈부터 시작하는 타순이 좋았다. 그래서 잔뜩 기대했지만 호세 론돈의 기습 번트 시도는 실패했다.

또, 김태식도 기대와 달리 헛스윙 삼진을 당했다.

2사 주자 없는 상황에서 타석에 들어선 것은 4번 타자 코리 스프링어.

풀카운트에서 잭 그랭키가 와인드업을 했다.

슈아악!

'직구?'

오늘 경기 내내 잭 그랭키는 결정구로 싱커를 주로 사용했다.

그래서 당연히 싱커를 구사할 거라 예상했는데.

잭 그랭키는 몸 쪽 직구를 던졌다.

의외의 볼 배합.

허를 찔린 것은 팀 셔우드만이 아니었다.

타석에 들어서 있던 코리 스프링어 역시 허를 찔렸다.

부우웅!

코리 스프링어가 급히 스윙을 가져갔지만, 타이밍이 한참 늦었다.

"스트라이크아웃!"

김태식에 이어 코리 스프링어 역시 헛스윙 삼진으로 물러나면서 샌디에이고 파드리스의 7회 초 공격은 끝이 났다.

이어진 7회 말.

마운드에서 잘 버텨주던 샌디 바에즈가 흔들리기 시작했다.

4번 타자인 폴 골드슈미트와 5번 타자 애드리안 마르티네즈에게 연속 안타를 허용하면서 무사 1, 2루의 실점 위기에 몰렸다.

승부처라고 판단했을까.

슈악!

틱. 데구르르.

애리조나 다이아몬드 백스의 데이브 맥어든 감독은 6번 타자 케르텔 마르테에게 희생번트 작전을 지시했다.

케르텔 마르테가 침착하게 희생번트를 성공시키며 1사 2, 3루로 상황이 바뀌었다.

그 순간, 팀 셔우드가 자리에서 일어났다.

'투수를 바꿔야 하지 않을까?'

여기서 실점하면 어렵다는 판단을 내렸다.

그래서 투구 교체를 감행하는 것이 맞다고 생각하면서도 팀 셔우드는 바로 결단을 내리지 못하고 망설였다.

그 이유는 두 가지.

"샌디 바에즈를 끝까지 믿어야 합니다."

우선 김태식이 건넸던 말이 떠올랐기 때문이다.

단순히 감으로 했던 말이 아니었다.

실제로 샌디 바에즈는 정규 시즌 후반기로 접어들면서 점점 더 나은 피칭을 보이고 있었다.

'샌디 바에즈를 교체한다면 더 믿을 수 있는 투수가 있는가?'

아직은 7회 초였다.

마무리 투수 히스 벨을 투입하는 것은 무리수.

그렇다면 현재 샌디 바에즈보다 더 믿음직한 투수가 없다는 것이 팀 셔우드가 망설인 첫 번째 이유였다.

또 하나의 이유는 불펜 투수들이 지쳤다는 점이었다.

5이닝 혹은 6이닝.

4선발 체제로 운용한다는 승부수를 띄운 후, 팀 셔우드는 선발투수들의 이닝 수와 투구 수를 철저하게 관리했다.

그러다 보니 자연히 불펜 투수들의 소모가 심했다.

물론 원래 계획은 선발 경쟁에서 밀려난 파넬슨 레이먼과 미구엘 디아즈를 불펜으로 돌려서 불펜진을 두텁게 하는 것이었다.

그러나 팀 셔우드의 계획은 틀어졌다.

익숙치 않은 루틴이기 때문일까.

파넬슨 레이먼과 미구엘 디아즈는 경기 중반에 불펜 투수로 투입되어서 좋은 모습을 보이지 못했다.

그로 인해 기존의 필승조인 토니 그레이와 앤디 콜이 더 자주 등판할 수밖에 없었고 체력 소모도 심해졌다.

"어떻게 해야 할까?"

장고를 거듭하던 팀 셔우드가 일단 마운드로 올라갔다.

샌디 바에즈의 의사를 직접 확인하기 위해서였다.

"바꿔줄까?"

팀 셔우드의 질문이 끝나기 무섭게 샌디 바에즈의 대답이 돌아왔다.

"더 던지겠습니다."

"괜찮을까?"

"구위는 괜찮습니다. 투구 수 관리를 했으니까요."

샌디 바에즈에게서 돌아온 대답을 들은 팀 셔우드가 고개를 끄덕였다.

현재까지 샌디 바에즈의 투구 수는 87개.

이미 7회에 접어들었다는 것을 감안하면 투구 수가 무척 적은 편이었다.

'경기 초반부터 의식했어!'

샌디 바에즈의 오늘 경기 투구를 되짚던 팀 셔우드가 희미하게 고개를 끄덕였다.

애리조나 다이아몬드 백스의 타선을 상대하던 샌디 바에즈는 경기 초반부터 과감하게 승부를 서둘렀다.

삼진 위주의 피칭이 아닌 철저하게 맞춰 잡는 위주의 피칭.

덕분에 샌디 바에즈의 투구 수 관리가 잘된 것이었다.

"혹시… 완투를 의식한 건가?"

퍼뜩 떠오른 생각에 팀 셔우드가 물었다.

"그렇습니다."

그런 팀 서우드의 예상은 적중했다.

샌디 바에즈가 경기 초반부터 공격적인 피칭을 하며 투구 수 관리를 철저히 했던 이유는 완투를 염두에 두고 있었기 때문이다.

"왜 완투를 염두에 둔 건가?"

"두 가지 이유 때문입니다."

"두 가지?"

"우선 불펜 투수들의 소모를 줄이고 싶었습니다."

샌디 바에즈가 꺼낸 첫 번째 이유를 들은 순간, 샌디 바에즈가 고개를 끄덕였다.

괜히 노장이 아니었다.

샌디 바에즈는 오늘 한 경기만 보고 있지 않았다.

샌디에이고 파드리스가 처해 있는 현재 상황을 모두 염두에 두고 나름 계산을 하면서 투구를 하고 있었다.

"또 하나의 이유는 오늘 경기가 제 마지막 선발 등판일 수도 있기 때문입니다."

"마지막?"

"적어도 정규 시즌에서는 그렇습니다."

오늘 경기를 제외하면 남아 있는 정규 시즌 경기는 세 경기.

샌디 바에즈가 다시 선발 등판할 기회는 없었다.

"유종의 미를 거두고 싶습니다."

'유종의 미?'

이번이 샌디에이고 파드리스 소속 선수로 마지막 선발 등판일 수도 있다.

그러니 좋은 모습을 보이고 싶다.

이런 의미가 숨어 있는 말이었다.

'완투가 아냐. 완봉이야!'

샌디 바에즈가 떠올리고 있는 비장한 표정을 확인한 팀 셔우드가 떠올린 생각이었다.

그때였다.

"최선을 다하기로 약속했습니다."

"누구와 약속을 했다는 건가?"

"김태식 선수와 약속했습니다."

"……?"

"믿고 맡겨주십시오."

샌디 바에즈가 이야기를 마쳤다.

"잘 부탁한다!"

팀 셔우드는 고민을 끝내고 마운드에서 걸어 내려왔다.

'잘한 선택일까?'

여전히 답은 알 수 없었다.

결과가 나와봐야 이 질문에 대한 답을 얻을 수 있을 것이었다.

그리고.

샌디 바에즈는 애리조나 다이아몬드 백스의 7번 타자인 조니 페랄타를 스트레이트 볼넷으로 내보냈다.

'고의 사구!'

제구가 안 된 것이 아니었다.

포수가 일어나지 않았을 뿐, 고의 사구나 마찬가지였다.

"비어 있던 1루를 채웠다?"

샌디 바에즈의 의중은 알 수 있었다.

1사 만루로 만든 후, 병살타를 유도해서 무실점으로 이닝을 막겠다는 생각이었다.

"어떻게… 될까?"

올 시즌 샌디에이고 파드리스의 운명이 걸렸다고 해도 과언이 아닌 무척이나 중요한 승부처였다.

양손을 모으고 있던 팀 서우드의 손바닥에 땀이 흥건하게 고였을 때였다.

슈악!

와인드업 투구를 한 샌디 바에즈의 손에서 공이 떠났다.

'실투?'

한가운데로 몰린 공을 확인한 팀 서우드의 표정이 딱딱하게 굳어졌다.

애리조나 다이아몬드 백스의 8번 타자인 제프 마티스가 실투를 놓치지 않겠다는 듯 힘껏 스윙했다.

딱!

둔탁한 타격음이 흘러나온 순간, 팀 서우드의 두 눈이 타구의 궤적을 좇았다.

빗맞은 타구는 3루수 앞으로 굴러갔다.

'느려!'

병살 플레이를 완성하기에는 타구가 너무 느리다는 생각이 들었다.

해서 팀 셔우드가 미간을 찌푸렸을 때, 3루수인 하비에르 게레로가 과감하게 대시하면서 글러브가 아닌 맨손으로 타구를 잡았다.

쐐애액.

하비에르 게레로가 러닝 스로우한 송구는 2루수에게 정확하게 도착했다. 그리고 2루수는 지체 없이 1루로 공을 뿌렸다.

1루수의 글러브에 송구가 도착한 것과 타자 주자인 제프 마티스의 발이 베이스에 닿은 것은 거의 동시였다.

"아웃!"

1루심이 아웃을 선언하는 것을 확인한 팀 셔우드가 불끈 주먹을 움켜쥐면서 기쁨을 드러냈다.

'스크류볼이었어!'

한가운데로 몰린 실투라고 생각했던 샌디 바에즈의 공.

실투가 아니었다.

그는 의도적으로 실투처럼 보이는 스크류볼을 던져서 제프 마티스의 배트를 이끌어낸 것이었다.

스크류볼은 마지막 순간에 타자의 몸 쪽으로 휘어졌고, 배트 중심이 아닌 손목 부근에 맞으면서 둔탁한 타격음이 흘러나왔던 것이다.

그리고 하나 더.

빗맞은 타구는 무척 느리게 굴러갔다.

해서 병살 플레이로 연결하기는 무리가 아닐까 하고 우려했는데.

3루수인 하비에르 게레로의 대처와 판단은 무척 빠르고 정확했다.

"나이스 플레이!"

더그아웃 앞에서 대기하고 있던 샌디 바에즈와 하비에르 게레로가 하이파이브를 나누는 모습이 보인 순간, 팀 셔우드는 이미 짜여진 각본이었음을 알아챘다.

"타자의 몸 쪽으로 휘어져 들어가는 스크류볼을 던져서 내야 땅볼을 유도할 것이다. 배트의 손목 부근에 맞은 타구는 3루 방면으로 느리게 굴러갈 확률이 높다. 그러니 미리 대비하고 있어야 한다!"

샌디 바에즈와 하비에르 게레로 사이에 미리 이런 대화가 오갔던 것이다.

어쨌든.

'고비를 넘겼다!'

팀 셔우드가 안도의 한숨을 내쉬었다.

"보기 드문 명품 투수전이야."

7회까지 0의 행진이 이어지고 있는 샌디에이고 파드리스와 애리조나 다이아몬드 백스의 시즌 최종전을 지켜보던 유인수가 꺼낸 감상평이었다.

빼어난 위기관리 능력을 선보이면서 7회 말에 찾아온 실점 위기를 넘긴 샌디 바에즈는 마이크 프록터 단장이 유망주들의 출혈과 팬들의 비난을 감수하면서까지 그를 영입한 이유를 증명하고 있었다.

메이저리그 특급 투수로 검증이 이미 끝난 잭 그랭키 역시 완벽에 가까운 피칭을 선보이면서 자신의 존재감을 드러내고 있었다.

"김태식이 타석에서 부진한 모습을 보이는 게 아쉽군."

3타수 무안타, 2삼진.

우익수로 출전한 김태식이 타석에서 남긴 성적이었다.

그래서 유인수는 아쉽다는 표현을 꺼냈지만, 송나영의 생각은 조금 달랐다.

"나름대로 제 몫을 했어요."

"누가?"

"김태식 선수요."

"하지만……."

유인수가 반박하려 했을 때, 송나영이 덧붙였다.

"안타나 사사구를 얻어내지 못한 것은 아쉽지만, 잭 그랭키의 투구 수를 늘렸죠."

잭 그랭키를 상대한 세 차례 타석에서 김태식은 모두 풀카운트 승부를 가져갔다.

특히 세 번째 타석에서는 무려 13구까지 이어졌을 정도로 끈질긴 승부를 펼쳤다.

그로 인해 잭 그랭키의 투구 수는 100개를 훌쩍 넘겼다. 그리고 후속 타자였던 코리 스프링어도 풀카운트 승부를 펼치면서 7회 초가 끝났을 때 잭 그랭키의 투구 수는 109개로 늘어나 있었다.

"그렇지만 잭 그랭키도 올 시즌 마지막 등판이야. 8회에도 마운드에 오르지 않을까? 그리고 조금 무리하면 완투도 가능하지 않을까?"

이미 애리조나 다이아몬드 백스는 와일드카드 경쟁에서 탈락한 상황.

그런 만큼 잭 그랭키는 올 시즌 마지막 선발 등판을 하는 것이었다.

해서 유인수가 의견을 꺼냈을 때, 송나영이 고개를 흔들었다.

"반대에요."

"반대… 라고?"

"무리할 필요가 없죠."

"……?"

"괜히 무리하다가 부상을 당할 수도 있으니까요."

아까 김태식이 잭 그랭키를 상대로 끈질긴 승부를 펼치던 것을 지켜보던 송나영이 퍼뜩 떠올린 것은 투구 수였다.

오늘 경기 잭 그랭키의 구위와 제구는 모두 좋았다.

아마 김태식도 잭 그랭키를 상대로 타석에서 좋은 결과를 얻어내는 것은 어렵다고 판단했을 가능성이 높다는 생각이 퍼뜩 들었다.

그리고 오늘 경기 결과는 샌디에이고 파드리스에게 가장 중요했다.

'만약 내가 김태식이라면?'

당시 송나영이 했던 가정이었다.

지금껏 보아왔던 김태식은 노련했다.

타석에서 투수와의 승부에 함몰되기보다는, 경기의 승리라는 더 큰 그림을 그리기 위해 애쓰는 편이었다.

그리고.

오늘 경기에서 가장 중요한 큰 그림은 샌디에이고 파드리스의 승리였다.

'잭 그랭키 공략이 어렵다면, 잭 그랭키를 최대한 빨리 강판시키자!'

이것이 김태식이 장고 끝에 찾아낸 해법일 가능성이 높았다. 그리고 잭 그랭키를 강판시키기 위해서 끈질긴 승부를 가져가면서 투구 수를 최대한 늘리려 했으리라.

"그렇지만……."

"내기할까요?"

"내기?"

"8회 초에 잭 그랭키가 마운드에 올라오느냐에 대해서."

"나는… 나는……."

"어느 쪽에 걸 거예요? 빨리 결정해요."

송나영의 재촉을 받은 유인수가 대답했다.

"잭 그랭키가 안 올라온다에 걸지."

"왜요? 내 의견이 맞다는 생각이 들었어요?"

"그런 면도 있지만……."

"또 무슨 이유가 있는데요?"

유인수가 쓰게 웃으며 대답했다.

"실은 잭 그랭키가 아닌 다른 투수가 올라오는 게 보이더라고."

'바뀌었다!'

8회 초, 마운드에 오른 것은 잭 그랭키가 아니었다.

애리조나 다이아몬드의 불펜 투수인 로비 롭슨이 마운드로 대신 올라왔다.

더그아웃에서 경기를 지켜보고 있던 태식이 잭 그랭키를 대신 해서 로비 롭슨이 올라온 것을 확인하고 두 눈을 빛냈다.

'결과적으로는… 통했어!'

오늘 경기 최고의 컨디션을 보이는 잭 그랭키를 공략하는 것은 어렵다.

이렇게 판단했기에 태식이 찾아낸 해법은 투구 수를 최대한 늘려서 잭 그랭키를 일찍 마운드에서 내려오도록 만드는 것이었다.

세 번째 타석에서 헛스윙 삼진을 당하긴 했지만, 13구까지 이어졌던 끈질긴 승부를 펼쳤던 게 효과가 있었던 셈이었다.

"이제는… 절실한 쪽이 유리해!"

애리조나 다이아몬드 백스는 이미 와일드카드 경쟁에서 탈락한 상황이었다.

반면 샌디에이고 파드리스는 비록 가능성이 낮다고 하더라도 아직 내셔널 리그 서부 지구 우승 경쟁을 펼치고 있는 중이었다.

어느 쪽이 승리에 더 절실한가는 자명했다.

슈아악!

따악!

그리고 절실함의 차이는 바로 드러났다.

티나 코르도바는 로비 롭슨의 초구를 공략해서 원 바운드로 펜스를 직격하는 우중간 타구를 만들어냈다. 그리고 티나 코르도바는 2루에서 멈추지 않았다.

처음부터 전력 질주를 펼친 티나 코르도바는 육중한 몸을 아낌없이 던지며 슬라이딩을 감행했다.

"세이프!"

간발의 차로 세이프 판정을 받은 티나 코르도바가 주먹을 번쩍 들어 올렸다. 그리고 팀 셔우드 감독도 발 빠르게 움직였다.

3루타를 터뜨린 티나 코르도바를 대주자 루이스 벨트란으로 교체했다.

무사 3루 상황에서 타석에 들어선 것은 6번 타자 하비에르 게레로.

슈악!

딱!

하비에르 게레로는 큼지막한 외야플라이를 터뜨렸다.

태그업을 시도한 루이스 벨트란이 여유 있게 홈으로 파고들면서 마침내 길었던 0의 행진이 깨졌다.

1 : 0.

경기 후반부 샌디에이고 파드리스가 선취점을 올리는 데 성공했다. 그리고 경기는 9회 말로 접어들었다.

2. 우리 팀은 강하다

슈아악!

따악!

경쾌한 타격음이 흘러나온 순간, 1루수인 코리 스프링어가 몸을 던졌다.

탁! 데구르르.

선상을 타고 외야로 빠져나갈 것 같았던 2루타성 타구는 몸을 던지며 쭉 뻗은 1루수 코리 스프링어의 글러브 끝에 맞고 바닥을 굴렀다.

벌떡.

빠르게 몸을 일으킨 코리 스프링어가 글러브로 공을 다시 낚아챈 후 필사적으로 다시 팔을 뻗었다.

타핫.

쿵.

코리 스프링어가 쭉 뻗은 글러브가 1루 베이스에 닿은 것이 타자 주자인 앤드류 폴락의 발이 베이스를 밟은 것보다 간발의 차로 빨랐다.

"아웃!"

1루심이 아웃을 선언한 순간, 태식이 고개를 끄덕였다.

2루타성 타구를 몸을 날려서 막아냈을 뿐 아니라, 기민한 후속 동작으로 타자 주자를 아웃시키는 데 성공한 코리 스프링어의 호수비.

집중력을 유지한 덕분이었다.

그리고.

코리 스프링어가 보여준 수비 집중력은 결과적으로 승리에 대한 절실함이 밑바탕에 깔려 있었다.

1사 주자 없는 상황에서 타석에 들어선 것은 애리조나 다이아몬드 백스의 4번 타자인 폴 골드슈미트였다.

풀카운트까지 이어진 승부.

샌디 바에즈가 결정구를 던졌다.

슈악!

'스크류볼!'

태식이 두 눈을 빛냈다.

샌디 바에즈는 오늘 경기 여러 차례 위기 때마다 위력을 발했던 스크류볼을 결정구로 사용했다.

그렇지만 폴 골드슈미트는 수 싸움에 능한 타자였다.

샌디 바에즈가 결정구로 스크류볼을 던질 것이라는 사실을 미리 예측하고 스윙을 했다.

파아악!

폴 골드슈미트는 오른발을 앞으로 내딛으면서 스크류볼이 몸 쪽으로 제대로 휘어지기 전에 타격을 했다.

따악!

묵직한 타격음이 흘러나오자마자, 태식이 빠르게 타구 판단을 마치고 펜스 쪽으로 달려가기 시작했다.

'넘어가지 마라!'

펜스 앞에 미리 도착해서 등을 기댄 채 태식이 타구를 살폈다. 그리고 타이밍을 맞춰서 높이 점프하며 글러브를 들어 올렸다.

팟!

'잡았다!'

높이 들어 올렸던 글러브 속으로 타구가 들어왔음을 알아챈 태식이 비로소 안도의 한숨을 내쉬었다.

하마터면 동점을 허용할 뻔했던 홈런성 타구.

만약 타구 판단이 조금만 늦어서 펜스 플레이를 시도하려 했다면, 펜스를 살짝 넘기는 홈런이 됐으리라.

"나이스 디펜스!"

샌디 바에즈 역시 안도한 표정으로 태식에게 소리쳤다. 글러브를 들어 올려 대답을 대신한 태식이 전광판을 살폈다.

127개.

전광판에 찍혀 있는 샌디 바에즈의 투구 수였다.

샌디 바에즈의 평균 투구 수는 100개 언저리.

한계 투구 수는 110개 정도였다.

이미 어깨 부상 전력을 안고 있기에 샌디 바에즈는 특히 투구 수에 민감한 편이었다. 그래서 투구 수가 100개를 넘어가면 먼저 교체를 요구한 적도 많았다.

그러나 오늘 경기에서는 달랐다.

샌디 바에즈는 한계 투구 수를 진즉에 넘겼음에도 불구하고, 9회 말에도 마운드를 지키고 있었다.

와아!

와아아!

샌디에이고 파드리스의 원정 팬들도 이런 사실을 알고 있었다.

올 시즌 첫 완봉승을 눈앞에 두고 있는 샌디 바에즈를 위해서 샌디에이고 파드리스 원정 팬들이 일제히 기립해서 환호와 함성을 내지르기 시작했다.

"약속을… 지켰다!"

태식의 눈에 들썩이고 있는 샌디 바에즈의 등이 보였다.

그가 지쳤다는 증거.

그렇지만 샌디 바에즈는 끝까지 마운드를 지켰다.

아마 마무리 투수인 히스 벨을 투입하려 했던 팀 셔우드 감독에게 먼저 찾아가서 끝까지 던지고 싶다고 자청했으리라.

그리고 태식은 샌디 바에즈가 이런 결단을 한 이유를 짐작할 수 있었다.

끝까지 최선을 다해달라는 태식의 부탁을 받아들였기 때문이다.

정규 시즌 마지막 등판.

샌디 바에즈가 5번 타자 애드리안 마르티네즈를 상대로 4구째 공을 던졌다.

슈악!

부우웅!

낙차 큰 커브의 궤적을 애드리안 마르티네즈가 휘두른 배트는 따라오지 못했다.

"스트라이크아웃!"

총 투구 수 131개.

올 시즌 첫 완봉승을 거두는 데 성공한 샌디 바에즈가 두 팔을 높이 들어 올렸다.

와아!

와아아!

샌디에이고 파드리스의 원정 팬들도 거센 환호성으로 샌디 바에즈의 시즌 첫 완봉승을 축하하고 팀을 위한 헌신에 답했다.

'우리 팀은… 강하다!'

샌디 바에즈를 축하해 주기 위해서 마운드를 향해 걸어가던 태식의 머릿속에 퍼뜩 떠오른 생각이었다.

*   *   *

"아직… 지구 우승 경쟁은 끝나지 않았습니다."

마이크 프록터 단장이 살짝 떨리는 목소리로 말했다.

정규 시즌 종료까지 남아 있던 경기 수가 아홉 경기였을 당시, LA 다저스와 샌디에이고 파드리스의 격차는 네 경기였다.

—내셔널 리그 지구 우승 경쟁은 끝났다.

그때, 대부분의 전문가들은 LA 다저스가 무난하게 내셔널 리그 지구 우승을 차지하게 될 것이라는 평가를 내렸다.

그러나 샌디에이고 파드리스는 지구 우승을 포기하지 않았다.

4선발 체제, 김태식의 투타 겸업 등의 승부수를 잇따라 띄우면서 끝까지 포기하지 않고 싸웠고, 그 후 거짓말처럼 6연승을 달렸다.

덕분에 정규 시즌 종료까지 세 경기를 남겨둔 시점에 샌디에이고 파드리스와 LA 다저스의 격차는 두 경기로 줄어 있었다.

—지구 우승 확정 시기가 조금 미뤄지긴 했지만, 결국 지구 우승은 LA 다저스가 차지할 것이다.

그럼에도 불구하고 여전히 많은 전문가들은 내셔널 리그 서부 지구 우승을 LA 다저스가 차지할 것이라 주장하고 있었다.

하지만 서서히 변화의 바람도 불기 시작한 것을 부인할 수 없었다.

—샌디에이고 파드리스의 막판 상승세가 심상치 않다. 만약 LA 다저스와의 최종 3연전에서 1, 2차전을 모두 가져간다면, 샌디에이고 파드리스가 LA 다저스를 제치고 극적인 지구 우승을 차지할 가능성도 존재한다.

일부 전문가들이 샌디에이고 파드리스의 역전 지구 우승 가능성을 점치기 시작한 것이었다.

어떤 결과가 나올까?

모든 야구팬들의 관심이 집중된 상황에서 운명의 3연전이 시작됐다.

*　　　　*　　　　*

<송나영의 MLB 수첩>

한국 팬뿐만 아니라, 해외 팬들 사이에서도 절정의 인기를 구가하고 있는 송나영의 이번 칼럼은 내셔널 리그 서부 지구 우승을 두고 최종 3연전을 펼치는 샌디에이고 파드리스와 LA 다저스의 대결을 주제로 다루었다.

"여기까지 온 이상 지구 우승을 노려보겠습니다."

샌디에이고 파드리스의 팀 셔우드 감독이 한 인터뷰였다.

짤막한 인터뷰.

그래서 심심하기도 한 인터뷰였다.

그렇지만 태식은 이미 팀 셔우드 감독의 성향에 대해 파악이 끝난 상태였다.

해서 이 짤막한 인터뷰 속에 얼마나 단단한 각오가 담겨 있는지 알 수 있었다.

"한쪽은 준비가 됐어."

고장난명(孤掌難鳴)이란 말이 있다.

손바닥도 혼자서는 소리를 낼 수 없다는 뜻의 사자성어.

혼자서는 일을 이루지 못하거나, 맞서는 사람이 없다면 싸움이 되지 않는다는 뜻이 담긴 말이기도 했다.

그리고 태식이 판단하기에 팀 서우드 감독은 박수를 칠 준비가 돼 있었다.

이제 남은 것은 LA 다저스의 데이빗 로버츠 감독이었다.

"평소와 다를 바 없이 경기할 겁니다."

데이빗 로버츠 감독 역시 최종 3연전을 앞두고 각오를 밝혔다.

"박수 소리가 나긴 힘들겠군."

태식이 쓰게 웃으며 기사를 계속 읽어나갔다.

데이빗 로버츠 감독은 올 시즌 초중반까지 내셔널 리그 서부 지구 꼴찌였던 샌디에이고 파드리스가 이렇게 맹추격을 해올지 예상했느냐는 질문에는 이렇게 답했다.

"샌디에이고 파드리스가 우리 팀에 충분히 위협이 될 수 있는 팀이라고 예상했습니다. 젊은 선수들의 기량이 발전하면서 리빌딩에 성공했고, 김태식이라는 에이스도 영입했으니까요. 그렇지만 솔직히 말하면 이렇게까지 끈질기게 추격하며 우리 팀의 지구 선두 자리를 위협할 줄은 몰랐습니다. 그만큼 샌디에이고 파드리스가 좋은 팀이 되었기 때문이겠죠. 하지만 올 시즌 우리 팀도 아주 좋은 팀입니다. 그리고 내셔널 리그 서부 지구 우승 경쟁에서 한발 앞서 있는 것이 우리 팀이라는 것도 변하지 않았습니다. 결국 지구 우승을 차지하는 것은 우리 팀의 몫이 될 겁니다."

데이빗 로버츠 감독의 인터뷰 내용을 모두 읽은 태식이 작게 고개를 끄덕였다.

"평소대로 경기하겠다?"

태식이 송나영이 쓴 칼럼을 일부러 찾아서 읽고 있는 이유는 LA 다저스의 데이빗 로버츠 감독이 한 인터뷰 때문이었다.

데이빗 로버츠 감독이 한 인터뷰를 통해서 그의 심리를 읽어내는 것이 태식의 진짜 목적이었다. 그리고 데이빗 로버츠 감독은 총력전이라는 각오를 밝히는 대신 평소처럼 경기를 하겠다고 밝혔다.

"아직 여유가 있다!"

태식이 두 눈을 빛냈다.

내셔널 리그 서부 지구 우승팀이 결정될 샌디에이고 파드리스와 LA 다저스의 최종 3연전.

이미 올 시즌에 여러 차례 대결을 펼쳤던 두 팀이었다.

그런 만큼 서로의 전력과 장단점에 대해서는 잘 알고 있는 상황이었다.

'호각지세(互角之勢)!'

태식이 판단하고 있는 양 팀의 전력이었다.

LA 다저스는 분명히 강팀이었다.

안정된 선발진과 탄탄한 수비, 그리고 파괴력 있는 공격까지.

올 시즌 월드 시리즈 우승을 넘볼 수 있을 정도로 객관적인 전력이 강하다는 평가를 받고 있었다.

그래서 전문가들은 객관적인 전력에서 LA 다저스가 샌디에이고 파드리스에 앞서 있다는 평가를 내렸다.

그렇지만 태식의 평가가 전문가들과 다른 이유는 팀 분위기 때문이었다.

6연승.

정규 시즌 막바지에 샌디에이고 파드리스는 파죽의 연승 행진을 이어가고 있었다.

어떤 팀과 붙어도 지지 않을 것 같다는 자신감이 붙은 상태인 데다가, 딱히 불안 요소라 할 수 있는 것도 없었다.

그리고 하나 더.

샌디에이고 파드리스는 추격자 입장이었다.

반면 LA 다저스는 쫓기는 입장이었다.

만약 이번 최종전에서 스윕을 당한다면?

LA 다저스는 거의 손에 넣었던 내셔널 리그 서부 지구 우승을 놓치게 되는 것이었다.

즉, 심리적인 부담이 큰 쪽은 어디까지나 쫓기는 입장인 LA 다저스였다.

그래서 양 팀의 전력이 호각지세라고 판단한 태식이 주목한 것은 LA 다저스의 감독인 데이빗 로버츠였다.

전력이 엇비슷한 경우, 승부는 감독이 어떤 마인드를 갖고 전략을 운용하는가에 따라 갈릴 확률이 높았기 때문이다.

잠시 뒤, 태식이 희미한 미소를 머금었다.

자신이 했던 인터뷰 내용을 발견했기 때문이다.

"목표는 지구 우승입니다. 그렇지만 정규 시즌 막바지인 만큼 현실적인 부분을 고려하지 않을 수는 없습니다. 와일드카드로 플레이오프에 진출하는 것에 대한 대비책을 세우는 것도 필요합니다."

송나영과의 인터뷰에서 태식이 밝혔던 이야기는 평소 생각과 달랐다.

태식의 목표는 어디까지나 월드 시리즈 우승이었고, 이 목표를 이루기 위해서는 지구 우승이 필요하다고 생각하고 있었으니까.

갑자기 생각이 바뀐 것이 아니었다.

또, 겸손을 부린 것도 아니었다.

태식이 이런 인터뷰를 한 것은 LA 다저스의 감독인 데이빗 로버츠 감독을 의식했기 때문이다.

지구 우승 경쟁을 포기했다는 뉘앙스의 인터뷰를 통해 데이빗 로버츠 감독의 방심을 유도하겠다는 나름의 포석이 깔려 있었던 것이다.

"1차전을 잡으면… 우리가 유리하다!"

태식이 두 눈을 빛내며 혼잣말을 꺼냈다.

3. 무리수를 던질 거야

조셉 바우먼 VS 리차드 힐.

양 팀 모두 3선발을 3연전 첫 경기에 내세웠다.

'누가 먼저 무너지느냐가 관건이 되겠군!'

1회 초 공격을 앞두고 태식이 떠올린 생각이었다.

양 팀이 내세운 선발투수들은 모두 젊은 선수들이었다. 그리고 오늘 경기의 비중은 무척 컸다.

중압감이 무척 큰 경기인 만큼, 젊은 선발투수들이 가지고 있는 심적 부담은 무척 클 터였다.

초반 경기 양상에 따라서 선발투수들의 희비가 갈릴 확률이 높았다.

1회 초, 샌디에이고 파드리스의 공격.

"볼넷!"

풀카운트 승부에서 샌디에이고 파드리스의 리드오프인 에릭 아이바는 유인구를 잘 참아내며 볼넷을 얻어 출루했다.

'잘 참았다!'

1루로 걸어가는 에릭 아이바를 향해 태식이 믿음이 담긴 시선을 던졌다.

에릭 아이바의 최근 타격감은 무척 좋았다.

자연히 타석에서 욕심이 생길 터였다.

그렇지만 에릭 아이바는 애써 타격 욕심을 억눌렀다.

유인구를 잘 참아내면서 결국 볼넷을 얻어 출루했다.

'팀에 필요한 걸 알아!'

무사 1루 상황에서 타석에는 2번 타자인 호세 론돈이 들어섰다. 그리고 팀 셔우드 감독 역시 선취점의 중요함을 알고 있는 듯 희생번트 작전을 지시했다.

슈악!

틱. 데구르르.

작전 수행 능력이 뛰어난 호세 론돈은 침착하게 희생번트를 시도했다.

3루 방면으로 향하는 번트 타구의 코스는 좋았다.

그렇지만 조금 강했다.

투수인 리차드 힐이 빠르게 대시해 번트 타구를 잡아낸 후, 백팔십도 회전하면서 2루로 강하게 송구했다.

아웃 타이밍.

그렇지만 리차드 힐의 송구가 문제였다.

너무 서둘렀기 때문일까.

리차드 힐의 송구는 왼쪽으로 치우쳤다.

송구를 받기 위해 대기하고 있던 2루수의 발이 2루 베이스에서 떨어지면서, 1루 주자였던 에릭 아이바는 세이프 판정을 받았다.

무사 1, 2루.

리차드 힐의 송구 실책으로 인해 샌디에이고 파드리스는 경기 초반부터 절호의 득점 찬스를 맞았다.

타석을 향해서 걸어가던 태식이 두 눈을 빛냈다.

'흔들린다!'

올 시즌 리차드 힐은 메이저리그 데뷔 이후 최고의 활약을 펼쳤다. 그렇지만 정규 시즌 후반기에 접어들면서 기세가 주춤했다.

체력적인 부담을 느끼기 때문이었다.

또, 그는 오늘 경기의 중요성을 알고 있기에 부담감과 중압감을 이기지 못하고 위기를 자초했다.

'조금만 더 흔들면 스스로 무너질 가능성이 높아!'

태식이 신중하게 타석에 임했다.

슈악!

그때, 리차드 힐이 바깥쪽으로 멀리 빠지는 슬라이더를 던졌다.

"볼!"

주심이 볼을 선언한 순간, 태식이 타석에서 물러났다.

'희생번트를 의식했어!'

리차드 힐이 초구로 바깥쪽으로 크게 빠진 슬라이더를 선택한 이유는 희생번트를 의식했기 때문이다.

아까 무사 1루 상황에서 팀 셔우드 감독은 선취점을 얻어내기 위해서 희생번트를 지시했었다.

그러니 무사 1, 2루로 바뀌어 있는 현 상황에서 희생번트를 지시할 가능성은 충분했다.

그렇지만 무사 1, 2루 상황에서 타석에 들어선 것은 클린업트리오에 포진된 태식이었다.

더구나 최근 절정의 타격감을 보이고 있는 태식에게 팀 셔우드 감독이 희생번트를 지시할지 여부에 대해 LA 다저스의 배터리는 고심했을 터였다.

그 고심 끝에 나온 결과물이 바로 바깥쪽으로 멀리 빠지는 슬라이더였다.

'내 반응을 확인하려 한 거야!'

태식은 미동도 하지 않고 슬라이더를 지켜보았다.

팀 셔우드 감독이 희생번트 작전을 지시하지 않았기 때문이다.

이미 이런 상황을 어느 정도 예측했던 태식이 혀를 내밀어 마른 입술을 적신 후 타석으로 돌아왔다.

'스트라이크를 던질 거야!'

태식의 반응을 확인하기 위해서 공을 하나 버린 상황.

승부를 하기 위해서 리차드 힐은 2구째에 스트라이크를 넣을 가능성이 높았다.

슈악!

그런 태식의 예상은 적중했다.

바깥쪽 스트라이크존에 걸치는 커브가 들어온 순간, 태식이 지체 없이 기습 번트를 시도했다.

예상치 못했던 기습 번트 시도이기 때문일까.

리차드 힐은 당황한 기색이 역력했다.

LA 다저스의 수비진도 허둥대는 것은 마찬가지였다.

기습 번트에 미리 대비하지 못했던 3루수의 대시는 너무 늦었고, 투수인 리차드 힐이 뛰어들어 와 번트 타구를 처리했다.

글러브에 공을 넣자마자 1루로 송구하려던 리차드 힐은 발이 미끄러지면서 중심을 잃은 채 송구했다.

슈아악!

중심이 무너진 상황에서 던진 송구가 정확할 리 없었다.

리차드 힐의 송구는 왼쪽으로 크게 치우친 데다가 높았다.

1루수가 필사적으로 잡아내려 애썼지만, 역부족이었다.

'됐다!'

송구가 뒤로 빠졌다는 것을 확인한 태식이 1루에서 멈추지 않고 2루로 내달렸다.

"세이프!"

비교적 여유 있게 2루에 안착한 태식이 상황을 살폈다.

송구가 뒤로 빠졌던 사이, 2루 주자였던 에릭 아이바는 이미 홈으로 파고든 후였다.

또, 1루 주자였던 호세 론돈도 3루에 도착해 있었다.

'생각대로 됐어!'

태식이 기습 번트를 감행하면서 노렸던 점은 송구 실책을 범하면서 흔들리고 있던 리차드 힐을 더욱 크게 흔들어놓는 것이었다.

그런 태식의 계획은 적중했다.

리차드 힐의 실책을 틈타서 선취점을 올리는 데 성공했고, 잇따라 송구 실책을 범하며 더 큰 위기에 몰린 리차드 힐은 당황한 기색이 역력했다.

'벤치의 움직임이 없다!'

아직 경기 초반.

그리고 올 시즌 꾸준히 좋은 활약을 펼쳤던 리차드 힐을 믿기 때문일까.

LA 다저스의 불펜에는 준비하는 투수가 없었다.

'잡았다!'

그것을 확인한 태식이 희미하게 고개를 끄덕였다.

"평소와 다를 바 없이 경기할 겁니다."

경기 전, 데이빗 로버츠 감독이 밝혔던 출사표였다. 그리고 데이빗 로버츠 감독은 실제로 그 출사표대로 이행했다.

"리차드 힐이 일찍 무너질 경우를 대비하지 않았어!"

총력전이라는 출사표를 던졌던 팀 셔우드 감독은 선발투수인 조셉 바우먼이 초반에 무너질 것을 대비해서 파넬슨 레이먼을 미리 대기시켜 두었다.

반면 데이빗 로버츠 감독은 리차드 힐이 경기 초반에 무너지는 것에 대한 대비를 따로 해두지 않았다.

'너무 믿었어!'

리차드 힐을 너무 믿었던 것이 데이빗 로버츠 감독의 실수였다.

또, 방심한 것도 그의 실수였다.

그리고 데이빗 로버츠 감독은 실수에 대한 대가를 톡톡히 치렀다.

슈아악!

따악!

리차드 힐은 잔뜩 벼르고 타석에 나온 코리 스프링어의 벽을 넘지 못했다.

코리 스프링어가 우익수 앞에 떨어지는 2타점 적시타를 터뜨리며 스코어는 3 : 0으로 벌어졌다.

그제야 데이빗 로버츠 감독이 마운드를 방문했지만, 사후약방문에 불과했다.

이미 멘탈이 붕괴된 리차드 힐을 안정시키기에는 역부족이었다.

슈악!

따악!

묵직한 타격음이 흘러나왔다.

5번 타자 티나 코르도바는 가운데 담장을 훌쩍 넘기는 투런 홈런을 터뜨리면서 리차드 힐을 그로기 상태로 몰아넣었다.

5 : 0.

우우!

우우우!

스코어가 다섯 점차로 벌어진 순간, LA 다저스의 홈 팬들이 실망감을 감추지 못하고 야유를 쏟아내기 시작했다.

최종스코어 8 : 5.

샌디에이고 파드리스와 LA 다저스의 최종 3연전 첫 경기는 샌디에이고 파드리스의 승리로 끝났다.

샌디에이고 파드리스가 7연승 행진을 이어나가는 데 성공하면서, 양 팀의 격차는 1경기로 좁혀졌다.

"이젠… 진짜 모르겠군!"

유인수의 이야기를 들은 송나영이 고개를 끄덕였다.

'어렵지 않을까?'

산술적으로 샌디에이고 파드리스의 역전 지구 우승 가능성은 무척 낮았다.

그래서 송나영도 내심 불가능할 거라고 예상했는데.

이제는 진짜 알 수 없는 상황으로 바뀌어 있었다.

"데이빗 로버츠 감독이 너무 여유를 부렸어요."

송나영이 말을 꺼내자, 유인수도 수긍했다.

"방심이 화를 불렀군."

"3연전 첫 경기에서 패하면서 LA 다저스는 더욱 궁지에 몰렸어요."

한 경기 차로 바짝 추격해 온 샌디에이고 파드리스로 인해 LA 다저스 선수들은 심적 부담을 느낄 수밖에 없었다.

"그리고 LA 다저스 입장에서는 차라리 대패를 하는 것만도 못하게 됐어요."

1회 초, 아웃 카운트를 하나를 잡지 못하고 5실점을 허용한 리차드 힐을 강판한 후, 데이빗 로버츠 감독은 불펜진을 운용했다. 그리고 불펜 투수들이 더 실점하지 않고 버티는 사이, LA 다저스 타선이 추격점을 올리기 시작했다.

5 : 3.

5회가 끝났을 때의 스코어였다.

점수 차가 2점으로 줄어들자, 데이빗 로버츠 감독은 경기를 역전시켜서 지구 우승을 확정하고 싶다는 욕심이 생겼을 터였다.

또, 홈 팬들이 쏟아내던 야유도 부담이 됐으리라.

그래서 데이빗 로버츠 감독은 아끼고 있던 필승조를 본격적으로 경기에 투입했다.

하지만 결과적으로 LA 다저스는 뒤지고 있던 경기를 역전시키는 데 실패했다.

불펜 투수들의 소모만 심해진 결과를 초래한 셈이었다.

"압박감이 더 심해질 거야."

"그럼 무리수를 둘 수밖에 없죠."

"점점 재밌어지는군."

유인수의 입가에 미소가 번졌다.

송나영도 환하게 웃으며 대답했다.

"빨리 2차전이 보고 싶네요."

*   *   *

"불리해!"

계산을 거듭하던 팀 셔우드가 긴 한숨을 내쉬었다.

LA 다저스와의 3연전 첫 경기에서 귀중한 승리를 거두었지만, 잃은 것도 많았다.

바로 불펜 소모가 컸다는 점이었다.

5이닝 3실점.

선발투수로 등판했던 조셉 바우먼이 남겼던 기록이었다.

'조금 더 버텨줬으면 좋을 것을!'

못내 아쉬움이 남았다. 그리고 조셉 바우먼의 뒤를 이어 마운드에 올렸던 것은 파넬라 메이슨이었다.

팀 서우드는 파넬라 메이슨이 최소 2이닝, 최대 3이닝 정도를 무실점으로 버텨주길 바랐는데.

파넬라 메이슨은 팀 서우드의 기대를 충족하지 못했다.

불안한 모습을 노출하며 0.2이닝 1실점의 기록을 남기고 마운드에서 내려왔다.

결국 팀 서우드 감독은 기존의 필승조를 투입하는 선택을 내릴 수밖에 없었다.

토니 그레이와 앤디 콜.

올 시즌 샌디에이고 파드리스의 필승조로 꾸준히 활약했던 두 불펜 투수는 팀 서우드의 기대대로 좋은 투구를 펼쳤다.

그사이 샌디에이고 파드리스 타선이 추가점을 올리는 데 성공하면서 어렵게 3연전 첫 경기를 승리할 수 있었다.

"불펜 소모가 너무 컸어!"

물론 불펜 소모가 심했던 것은 LA 다저스도 마찬가지였다.

아니, 엄밀히 말하면 불펜 소모가 더 극심했던 것은 LA 다저스였다.

그럼에도 불구하고 팀 서우드가 웃지 못하는 이유는 선발진의 뎁스 차이였다.

"총력전을 펼칠 거야!"

LA 다저스의 데이빗 로버츠 감독 역시 더 이상 여유를 부리거나 방심할 수 없는 상황이었다.

2차전부터는 단기전처럼 총력전을 펼칠 확률이 높았다.

똑같은 상황이라면, 유리한 쪽은 LA 다저스라는 생각이 들었다.

파넬슨 레이먼과 미구엘 디아즈.

4선발 체제를 운용하면서 선발진에서 탈락한 두 명의 투수가 지친 불펜진에 큰 도움이 될 거라고 팀 셔우드는 기대했다.

그렇지만 헛된 기대에 불과했다.

파넬슨 레이먼과 미구엘 디아즈는 경기 도중에 불펜 투수로 출전했을 때마다 부진한 모습을 보였다.

그로 인해 별다른 도움이 되지 못했다.

반면 LA 다저스의 경우는 달랐다.

정규 시즌 종료까지 두 경기만 남겨두고 있는 시점인 만큼, 여차하면 5선발인 마에다 켄타와 2선발인 다르빗 유까지 불펜 투수로 투입할 수 있었다.

그리고 두 명의 일본인 투수들은 지난 시즌 단기전에서도 선발투수가 아닌 불펜 투수로 등판했던 경험이 있었다.

당시 다르빗 유와 마에다 켄타는 모두 호투를 펼치면서 불펜투수로서도 경쟁력이 있다는 것이 검증된 상황이었다.

"박빙의 승부면… 어렵다!"

재차 한숨을 내쉰 팀 셔우드의 고민이 깊어졌다.

4. 번지수를 잘못 짚었어

팻 메이튼 VS 알렉시스 우즈.

3연전 2차전에 선발 등판하는 양 팀의 투수들이었다.

"선취점이 중요해!"

선취점을 올릴 경우 안정적인 피칭을 펼치는 팻 메이튼의 성향에 대해서는 완벽하게 파악이 끝난 상태였다.

그런 만큼 선취점을 올리는 것은 오늘 경기의 분위기 싸움에서 무척 중요했다.

문제는 2차전 선발투수인 알렉시스 우즈와 1차전 선발투수였던 리차드 힐이 다르다는 점이었다.

경험이 부족해서일까.

리차드 힐을 경기의 중압감을 이기지 못하고 송구 실책을 남발하면서 자멸하다시피 했었다.

알렉시스 우즈 역시 젊은 선수.

그렇지만 리차드 힐과는 또 달랐다.

배짱이 두둑하다고 소문난 알렉시스 우즈는 오늘 경기가 갖는 중압감을 이겨내고 가진 기량을 모두 펼칠 확률이 높았다.

그런 태식의 우려대로였다.

알렉시스 우즈는 절정의 타격감을 자랑하는 샌디에이고 파드리스의 테이블 세터진에 포진된 에릭 아이바와 호세 론돈을 연속 삼진으로 돌려세웠다.

2사 주자 없는 상황에서 태식이 타석으로 들어섰다.

'장타를 노린다! 모 아니면 도!

슈아악!

바깥쪽 직구를 노리고 타석에 들어선 태식이 힘껏 배트를 휘둘렀다.

따악!

노림수가 통하면서 경쾌한 타격음이 흘러나온 순간, 태식이 배트를 내던지고 전력 질주를 펼쳤다.

태식이 밀어 친 타구는 좌익선상 쪽으로 향했다.

좌익수인 작 피더슨이 열심히 타구를 쫓아가는 모습을 확인한 태식이 2루 베이스 근처에 도착한 후 고개를 돌렸다.

노 바운드로 처리하기 위해서 슬라이딩 캐치를 시도하는 작 피더슨의 모습이 보였다.

'빠져라!'

태식의 간절한 바람이 통했다.

작 피더슨이 슬라이딩을 하며 쭉 내밀었던 글러브는 타구에 조금 미치지 못했다.

타구가 뒤로 빠지는 것을 손으로라도 막아보려고 했지만, 역부족이었다.

타다다닷!

속도를 줄이지 않고 3루 근처에 도착한 태식이 3루 주루 코치를 힐끗 살폈다.

선뜻 결정을 내리지 못하고 망설이고 있는 3루 주루 코치를 확인한 태식이 더욱 속도를 올리며 3루 베이스를 통과했다.

쐐애액!

중계 플레이를 거친 송구가 원 바운드로 포수인 야스만 그랜달의 미트에 도착한 순간, 태식도 슬라이딩을 시도했다.

탁!

픽!

태식의 오른손이 홈 플레이트를 터치한 것과 야스만 그랜달의 미트가 오른쪽 어깨를 터치한 것은 거의 동시였다.

"세이프!"

그렇지만 주심은 가로로 팔을 벌렸다.

그라운드 홈런.

주먹을 불끈 움켜쥔 태식이 더그아웃으로 돌아오자, 모든 선수들이 앞으로 달려 나와 반겨주었다.

"지구 우승, 할 수 있다!"

태식이 소리친 순간, 샌디에이고 파드리스 선수들의 두 눈에 강렬한 열망이 타오르기 시작했다.

"예상치 못했던 변수!"

김태식의 그라운드 홈런으로 선취점을 올린 순간, 팀 셔우드가 떠올린 생각이었다.

정규 시즌 내내 탄탄한 수비력을 자랑했던 LA 다저스였다.

그래서 불안 요소나 허점이 없을 거라고 판단했는데.

의외의 시점에 불안 요소가 튀어나왔다.

바로 좌익수로 출전한 작 피더슨이었다.

그는 의욕이 과한 수비를 펼치다가 타구를 뒤로 빠뜨리는 우를 범했다. 그 실책으로 인해 김태식에게 그라운드 홈런을 허용하면서 선취점을 내주는 결과를 초래했다.

"덕분에 선취점을 올렸군!"

당시의 기억을 떠올리며 흐릿한 웃음을 머금었던 팀 셔우드의 머릿속에 퍼뜩 하나의 의문이 떠올랐다.

'혹시… 노렸던 건가?'

당시 작 피더슨의 실책을 유발했던 타구를 날렸던 것은 김태식이었다. 그리고 김태식이 작 피더슨이 LA 다저스의 불안 요소라는 것을 간파하고 일부러 좌익수 방면으로 타구를 보냈던 것이 아닌가 하는 생각이 든 것이었다.

'그랬을 수도 있어!'

팀 셔우드가 작게 고개를 끄덕였다.

지금껏 보아 왔던 김태식은 경험이 풍부했다.

또, 야구 센스도 뛰어났다.

감독인 자신조차도 미처 간파하지 못하고 지나쳤던 부분들을 캐치해서 이용하는 경우가 잦았다.

물론 사실과는 거리가 멀었다.

태식은 작 피더슨이 LA 다저스의 불안 요소라는 것을 간파하지 못했다.

그저 바깥쪽 직구를 노려 쳤던 것이 마침 좌익수 방면으로 향했고, 우연히 작 피더슨의 실책을 끌어냈던 것뿐이었으니까.

그렇지만 그 사실을 전혀 알지 못하는 팀 셔우드는 한층 더 김태식을 신뢰하는 계기가 됐다.

어쨌든.

"다시 찬스가 왔군!"

5회 초, 샌디에이고 파드리스의 공격.

1사 후 타석에 들어선 하비에르 게레로가 알렉시스 우즈를 상대로 깔끔한 중전 안타를 만들어냈다.

1사 1루에서 타석에 들어선 것은 7번 타자 미구엘 마못.

알렉시스 우즈는 풀카운트 승부 끝에 미구엘 마못에게 볼넷을 허용했다.

1사 1, 2루로 바뀐 순간, 팀 셔우드가 맞은편 더그아웃을 살폈다.

그런 그의 눈에 LA 다저스의 데이빗 로버츠 감독이 마운드로 걸어 올라오는 장면이 들어왔다.

'바꿀까?'

비록 김태식에게 그라운드 홈런을 내주며 선취점을 허용하긴 했지만, 실점에는 작 피더슨의 실책이 컸다.

또, 실점을 허용한 후 알렉시스 우즈의 투구는 거의 완벽에 가까웠다.

해서 투구 교체를 단행하기에는 너무 이른 시점이 아닐까 하고 생각했는데.

"투수 교체?"

팀 셔우드의 예상은 빗나갔다.

데이빗 로버츠 감독은 과감하게 투수를 교체했다.

'누굴 올릴까?'

팀 셔우드가 주시하는 사이, 새로운 투수가 마운드로 걸어 올라왔다.

"다르빗 유?"

그리고 데이빗 로버츠의 선택이 팀의 2선발로 활약 중인 다르빗 유임을 확인한 팀 셔우드의 머릿속에 하나의 단어가 떠올랐다.

'총력전!'

'학습 효과!'

알렉시스 우즈가 마운드에서 내려가고 다르빗 유가 마운드로 올라오는 것을 확인한 태식이 처음으로 떠올린 단어였다.

어제 경기 초반에 리차드 힐이 일찌감치 무너졌던 경험을 했기 때문일까.

아직은 5회 초에 불과했고 알렉시스 우즈의 구위가 나쁘지 않음에도 불구하고, 데이빗 로버츠 감독은 과감하게 강판을 결정했다.

또, 팀의 2선발로 활약하던 다르빗 유를 투입하는 강수를 두었다.

'초조해!'

그와 동시에 태식이 떠올린 생각이었다.

"평소와 다를 바 없이 경기할 겁니다."

내셔널 리그 서부 지구 우승이 결정될 양 팀의 운명의 3연전이 시작되기 전, 데이빗 로버츠 감독이 던졌던 출사표였다.

그렇지만 기존의 불펜 투수들이 아니라, 선발투수인 다르빗유를 불펜 투수로 투입한 것은 평소 경기 운영 방식과는 달랐다.

또, 어제와 오늘의 데이빗 로버츠 감독의 표정은 달랐다.

어제와 달리 오늘 데이빗 로버츠 감독의 표정에서는 여유를 찾을 수 없었다.

초조함이 잔뜩 묻어나고 있었다.

5회 초 1사 1, 2루 상황에서 마운드에 오른 다르빗 유의 첫 상대는 이안 드레이크였다.

풀카운트까지 이어진 승부.

슈악!

부우웅!

이안 드레이크는 아쉽게 헛스윙 삼진으로 물러났다.

그 대결을 유심히 살피던 태식이 두 눈을 좁혔다.

"볼?"

이안 드레이크의 헛스윙을 이끌어낸 공은 슬라이더였다.

스트라이크존을 통과할 것처럼 들어오다가 홈 플레이트 근처에서 바깥쪽으로 휘어져 나간 예리한 궤적의 슬라이더.

만약 이안 드레이크가 스윙을 하지 않고 참아냈다면, 주심은 볼을 선언했을 터였다.

'최악의 상황엔 볼넷으로 내보낼 생각까지 했군!'

모자를 벗었다가 다시 눌러 쓰는 다르빗 유를 바라보던 태식이 작게 고개를 끄덕였다.

이안 드레이크는 8번 타자.

다음 타석에 들어서는 것은 투수인 팻 메이튼이었다.

설령 볼넷을 허용해서 만루가 되더라도 타석에 들어서는 것이 투수인 팻 메이튼이다.

나는 팻 메이튼과 승부를 하겠다.

이렇게 작정했기에 이안 드레이크를 상대로 풀카운트에서 과감하게 스트라이크가 아닌 볼인 유인구를 던질 수 있었던 것이다.

'한 점도 줄 생각이 없어!'

데이빗 로버츠 감독의 의지가 느껴지는 장면이었다.

또, 데이빗 로버츠 감독의 계산은 적중했다.

슈악!

딱!

2사 만루 상황에서 타석에 들어선 팻 메이튼은 다르빗 유의 3구째 슬라이더를 공략했다.

그렇지만 타이밍이 밀리면서 우익수플라이로 물러났다.

"승부수를 던졌다!"

태식이 안도한 기색의 데이빗 로버츠 감독을 보며 혼잣말을 꺼냈다.

샌디에이고 파드리스가 한 점차로 리드하는 상황에서 접어든 5회 말.

팻 메이튼은 4회까지 무실점 호투를 펼쳤다.

그렇지만 5회 말이 시작되자마자 갑자기 흔들리기 시작했다.

슈아악!

퍽!

5회 말의 선두 타자인 작 피더슨을 상대로 던졌던 몸 쪽 직구가 조금 깊게 들어가며 몸에 맞는 공으로 연결됐다.

그 순간, 팻 메이튼이 홈 플레이트 쪽으로 걸어갔다.

"뭐 하는 거야?"

그 모습을 지켜보던 팀 셔우드가 벌떡 일어났다.

팻 메이튼은 허벅지에 사구를 맞은 작 피더슨과 설전을 벌이기 시작했다.

설전을 점점 거칠어지며 삿대질로 이어졌고, 팻 메이튼과 작 피더슨은 거의 동시에 달려들며 몸싸움을 벌이기 시작했다.

벤치 클리어링!

타다닷!

타다다닷!

양 팀 선수들이 지체 없이 두 선수가 엉겨 붙어 있는 곳으로 달려갔다.

우우!

우우우!

LA 다저스 홈 팬들의 야유 소리가 흘러나오는 가운데 이어지 던 벤치 클리어링은 약 3분 후 끝이 났다.

"이쯤에서 끝난 걸… 일단 다행이라고 해야 하나?"

미간을 찌푸린 채 벤치 클리어링을 지켜보던 팀 셔우드가 한 숨을 내쉬었다.

몸싸움을 시작했던 팻 메이튼과 작 피더슨은 퇴장을 면했다.

주심이 구두 경고를 주는 선에서 그쳤다.

일단 팻 메이튼이 퇴장을 당하지 않았다는 사실에 안도하던 팀 셔우드는 이내 아쉬운 기색을 드러냈다.

팻 메이튼이 화가 났던 이유는 사구를 허용하는 과정 때문이 었다.

바짝 타석에 붙어 있던 작 피더슨이 몸 쪽 깊은 공이 들어오 는 순간, 일부러 다리를 밀어 넣어서 사구를 유도했다고 팻 메이 튼은 판단했다.

팀 셔우드가 보기에도 분명히 논란의 여지가 있었다.

해서 주심에게 찾아가서 항의를 해볼 생각이었는데.

팻 메이튼이 한발 더 빨랐다. 그리고 팻 메이튼은 주심에게 항의하는 것이 아니라, 작 피더슨에게 항의했다.

그러다가 설전으로 이어졌고.

"번지수를 잘못 짚었어!"

팻 메이튼은 작 피더슨이 아니라 주심에게 항의를 했어야 했 다.

그랬다면 그 항의가 받아들여졌을 수도 있었는데.

팻 메이튼이 엉뚱하게 작 피더슨과 설전과 몸싸움을 벌인 탓에 주심에게 항의를 할 기회를 날려 버린 셈이었다.

"안 좋군!"

이번 벤치 클리어링이 발발하면서 샌디에이고 파드리스에게 좋았던 흐름이 깨졌다.

슈악!

따악!

그리고 팻 메이튼이 던진 초구를 6번 타자 체이스 어틀리는 제대로 받아 쳤다.

우중간을 반으로 갈라놓은 2루타성 타구.

'동점?'

1루 주자인 작 피더슨이 충분히 홈으로 쇄도할 수 있는 깊은 타구였다.

그렇지만 3루 베이스를 통과해 홈으로 뛰어들던 작 피더슨은 도중에 갑자기 멈추며 3루로 돌아갔다.

'김태식 효과!'

작 피더슨이 펼쳤던 주루 플레이를 지켜보던 팀 셔우드가 안도의 한숨을 내쉬었다.

그가 홈으로 파고들지 않고 3루로 돌아간 이유.

우익수로 출전한 김태식 때문이었다.

맷 부쉬의 부상 공백을 메우기 위해서 우익수로 출전했던 김태식의 보살 능력은 감탄을 자아낼 정도로 뛰어났다.

그 사실을 LA 다저스의 3루 주루 코치도 모를 리 없을 터.

그래서 마지막 순간에 작 피더슨을 멈춰 세웠던 것이었다.

"일단 동점을 허용하는 것은 면했군!"

팀 셔우드가 마운드로 걸어 올라갔다.

후우. 후우.

마운드에 올라간 팀 셔우드의 귓가로 팻 메이튼이 내쉬는 거친 숨소리가 파고들었다.

'흥분했어!'

지쳤기 때문이 아니었다.

팻 메이튼의 호흡이 거칠어진 이유는 벤치 클리어링으로 인해 흥분하며 감정 조절에 실패했기 때문이다.

"진정해!"

"……."

"네 감정 때문에 오늘 경기를 망칠 생각이야? 오늘 경기가 얼마나 중요한 경기인 줄 몰라서 이래?"

"…죄송합니다."

팀 셔우드가 매섭게 질책하고 나서야 팻 메이튼이 사과했다.

"더 던질 수 있겠어?"

"아직 힘은 남아 있습니다."

"그럼 조금만 더 버텨봐."

"네? 네."

"할 수 있겠어?"

"던질 수 있습니다."

팻 메이튼의 대답을 듣고 난 후, 팀 셔우드가 마운드에서 내려왔다.

무사 2, 3루 상황에서 타석에 들어선 것은 LA 다저스의 7번 타자인 야스엘 푸이그였다.

슈악!

"볼!"

"볼!"

"볼!"

더그아웃으로 돌아와 팻 메이튼의 투구를 지켜보던 팀 서우
드가 눈살을 찌푸렸다.

슈악!

"볼넷!"

야스엘 푸이그를 상대로 스트레이트 볼넷을 허용한 팻 메이
튼을 지켜보던 팀 서우드가 답답한 한숨을 내쉬었다.

그리고 탄식하듯 혼잣말을 꺼냈다.

"실수했군!"

"늦었어!"

두 번째로 마운드로 걸어 올라가는 팀 서우드 감독을 지켜보
던 태식의 표정이 어둡게 변했다.

팻 메이튼의 교체.

너무 늦었다는 생각이 태식의 마음을 무겁게 만들었기 때문
이다.

오늘 경기에서 호투하던 팻 메이튼이 갑작스레 부진에 빠진
데는 아까 벤치 클리어링이 발발했던 것이 컸다.

벤치 클리어링이 발발해서 경기가 중단되면서 마운드에서 공
을 던지던 팻 메이튼의 좋은 흐름이 깨졌다.

또, 작 피더슨과 설전에 이어 몸싸움까지 벌이면서 감정이 격

해졌던 것도 부진의 원인이었다.

그렇지만 그 이유가 다가 아니었다.

팻 메이튼이 감당하기에는 오늘 경기의 중압감이 너무 컸다.

더구나 LA 다저스의 선발투수였던 알렉시스 우즈의 강판 이후 다르빗 유가 마운드에 올라온 것이 컸다.

LA 다저스와 달리 샌디에이고 파드리스는 불펜진이 약했다.

이 사실을 잘 알고 있는 팻 메이튼은 좀 더 오래 마운드에서 버텨야 한다는 부담감을 느꼈다.

그로 인해 몸에 힘이 들어갔고, 자연스레 제구가 흔들린 것이었다.

"조금 전에 교체했어야 해!"

팀 셔우드 감독이 팻 메이튼의 상태를 조금 더 빠르게 간파하고 투수 교체를 서둘렀어야 했다.

지금이 아니라 처음으로 마운드를 방문했을 당시에 투수 교체를 단행하는 것이 옳았다는 생각이 태식의 머릿속을 떠나지 않았다.

무사 2, 3루 상황과 무사 만루 상황.

팻 메이튼에 이어 마운드에 오르게 될 투수가 느끼는 부담감이 분명히 다를 수밖에 없기 때문이었다.

"토니 그레이!"

팻 메이튼을 강판시킨 팀 셔우드 감독이 선택한 투수는 토니 그레이였다.

마운드로 걸어 올라오는 토니 그레이를 확인한 태식이 작게 고개를 끄덕였다.

파넬슨 레이먼과 미구엘 디아즈.

정규 시즌 막바지에 4선발 체제를 운용하면서 선발 로테이션에서 빠진 두 명의 투수들이었다.

팀 셔우드 감독의 원래 계획은 파넬슨 레이먼과 미구엘 디아즈를 불펜 투수로 활용하는 것이었다.

그렇지만 팀 셔우드 감독의 계획은 틀어졌다.

파넬슨 레이먼과 미구엘 디아즈가 불펜 투수로 등판했을 때, 잇따라 불안한 모습을 노출했기 때문이다.

"믿지 못해!"

두 투수를 믿지 못했기에 팀 셔우드 감독은 기존의 필승조였던 토니 그레이를 마운드에 올린 것이었다.

문제는 기존 필승조인 토니 그레이와 앤디 콜, 그리고 마무리 투수인 히스 벨의 경기 출전 횟수가 늘어나면서 과부하가 걸린다는 점이었다.

"현재로서는 최선의 선택!"

달리 선택의 여지가 없는 상황이었다. 그리고 토니 그레이는 팀 셔우드 감독의 기대에 부응했다.

슈악!

딱!

예리한 싱커를 던져서 LA 다저스의 8번 타자인 야스만 그랜달에게서 유격수 앞으로 굴러가는 내야 땅볼을 유도해 냈다.

6—4—3으로 이어지는 병살 플레이가 나오면서 무사 만루 상황은 순식간에 2사 3루로 바뀌었다.

1 : 1.

3루 주자가 홈으로 들어오면서 경기의 균형이 맞추어졌다.

그렇지만 무사 만루 상황이었다는 것을 감안하면, 샌디에이고 파드리스 입장에서는 최상의 시나리오였다.

2사 3루 상황에서 타석에 들어선 것은 다르빗 유.

슈아악!

토니 그레이는 투수인 다르빗 유를 루킹 삼진으로 돌려세우며 이닝을 마무리했다.

1 : 1.

균형은 좀처럼 깨지지 않았다.

2와 2/3이닝 무실점.

LA 다저스의 선발투수였던 알렉시스 우즈의 뒤를 이어 마운드에 올랐던 다르빗 유는 제 몫을 다하고 마운드에서 내려갔다.

다르빗 유에 이어서 8회부터 마운드에 오른 것은 역시 일본인 투수이자 선발투수로 활약했던 마에다 켄타였다.

"총력전이로군!"

올 시즌 5선발로 활약했던 마에다 켄타까지 불펜 투수로 투입하는 강수를 두는 데이빗 로버츠 감독의 투수 운용을 확인한 마이크 프록터가 떠올린 생각이었다.

"오늘 경기에서 승리를 거두어 내셔널 리그 서부 지구 우승을 확정하겠다."

데이빗 로버츠 감독의 의중이 읽혔다. 그리고 경기는 데이빗 로버츠 감독의 구상대로 착착 굴러갔다.

세 번째 투수인 마에다 켄타는 선발투수로 등판할 때보다 더 빼어난 구위를 뽐내며 샌디에이고 파드리스 타자들을 요리했다.

샌디에이고 파드리스의 9회 초 공격.

2사 주자 없는 상황에서 타석에는 6번 타자 하비에르 게레로가 등장했다.

슈악!

따악!

하비에르 게레로는 마에다 켄타의 초구를 노렸다.

커브를 받아친 타구는 높이 떠오른 채 날아갔다.

"넘어가라!"

벌떡 일어난 마이크 프록터가 간절히 바랐다.

9회에 홈런이 터지며 앞서간다면 오늘 경기도 잡을 수 있을 거란 확신이 있었기 때문이다.

그러나 마이크 프록터의 바람은 이뤄지지 않았다.

마침 불어온 역풍 때문일까.

하비에르 게레로의 타구는 더 멀리 뻗지 못하고 펜스 앞에서 잡혔다.

"젠장!"

마이크 프록터가 아쉬운 기색을 드러냈다.

"연장 승부인가?"

물론 아직 LA 다저스의 9회 말 공격이 남아 있었다.

그렇지만 하위 타순이고, 샌디에이고 파드리스의 마무리 투수인 히스 벨이 마운드에 오르는 것을 감안하면 경기는 연장으로 접어들 가능성이 높았다.

"불리해!"

마이크 프록터가 한숨을 내쉬었다.

경기가 연장으로 접어들 것까지는 예상치 못했다. 그리고 연장 승부로 접어든다면 불리한 것은 샌디에이고 파드리스였다.

토니 그레이와 앤디 콜.

두 명의 필승조를 이미 소모한 상황이었기 때문이다.

이제 남은 것은 마무리 투수인 히스 벨뿐이었다.

반면 LA 다저스는 아직 필승조를 소모하지 않았다.

다르빗 유와 마에다 켄타.

두 명의 일본인 선발투수들이 불펜 투수로 등판해서 무실점으로 약 5이닝을 막아준 덕분이었다.

"팀 셔우드 감독도 머리가 아프겠군!"

마이크 프록터의 한숨이 깊어졌다.

경기가 연장으로 접어들면서 오늘 경기에서 승리를 거둘 확률이 점점 희박하게 변하고 있었다.

더구나 오늘 경기가 끝이 아니었다.

내일 열릴 정규 시즌 최종전도 생각하지 않을 수 없었다.

정규 시즌 최종전에 샌디에이고 파드리스의 선발투수로 예고된 것은 김태식이었다. 그리고 김태식은 철인이 아니었다.

연장까지 모두 치르고 채 하루도 쉬지 못하고 다시 선발투수로 나서는 것.

아무리 생각해도 무리였다.

"교체해야 하지 않을까?"

만약 오늘 경기에서 패한다면?

샌디에이고 파드리스의 내셔널 리그 서부 지구 우승은 물 건너간다.

일단 오늘 경기에서 승리를 거둬야만 내일 경기에서 역전 지구 우승이라는 희망을 이어갈 수 있었다. 그리고 오늘 경기 승리를 위해서는 김태식이 필요했다.

그렇지만 내일 경기도 감안하지 않을 수는 없었다.

아마 팀 셔우드 감독도 지금쯤 이 부분에 대한 고민으로 골치가 지끈거릴 터였다.

"닭이 먼저냐? 달걀이 먼저냐?"

마이크 프록터가 착 가라앉은 눈동자로 그라운드를 바라보았다.

"스트라이크아웃!"

샌디에이고 파드리스의 마무리 투수인 히스 벨이 9회 말의 네 번째 타자인 작 피더슨을 상대로 풀카운트 승부 끝에 헛스윙 삼진을 끌어냈다.

1 : 1.

동점 상황에서 경기는 연장으로 접어들었다.

9회 말 1사 2루의 실점 위기를 히스 벨이 잘 막아냈지만, 팀 셔우드의 표정은 밝아지지 않았다.

그의 표정이 어두운 이유는 두 가지.

우선 히스 벨의 투구 수가 늘어났다.

9회 말에 마운드에 오른 히스 벨은 네 타자를 상대하면서 20개

가까운 공을 던졌다.

연장전에 접어든 경기의 균형이 언제 깨질지 모르는 상황.

히스 벨이 최대한 마운드에서 오래 버텨줘야 했다.

그래서 투구 수 관리가 더욱 중요했는데.

'너무 많아!'

이대로라면 다음 이닝까지가 히스 벨의 한계일 가능성이 높았다.

또 하나의 이유는 김태식이었다.

내일 열릴 정규 시즌 최종전 샌디에이고 파드리스의 선발투수는 김태식이었다.

솔직히 말하면 체력과 컨디션 관리 차원에서 김태식을 오늘 경기에 출전시키고 싶지 않았었다.

하지만 김태식이 팀 내에서 차지하는 비중이 워낙 컸기에 어쩔 수 없이 경기에 출전시킬 수밖에 없었다.

그러나 경기가 예상치 못한 연장 승부로 접어든 이상, 이제 어떤 결단을 내릴 때가 찾아와 있었다.

"김태식을 제외하고… 이길 수 있을까?"

더 늦기 전에 김태식을 교체하는 것이 옳다는 사실.

팀 서우드도 알고 있었다.

그렇지만 이런 현실적인 고민을 하지 않을 수는 없었다.

"직접 얘기를 해보자."

선뜻 결정을 내리지 못하고 망설이던 팀 서우드는 결국 김태식과의 대화를 선택했다.

"교체를 하는 게 옳겠지?"

팀 셔우드가 잠시 머뭇거리다가 묻자, 김태식이 대답했다.

"교체해 주십시오."

야구 감독이 어려운 이유.

승부처에서 어떤 결단을 내려야 하기 때문이었다. 그리고 대
개의 결단은 선뜻 판단을 내리기 어려운 경우가 많았다.

또 결단을 내린 것에 대해 감독은 책임을 져야 했다.

명장이 되느냐? 그렇지 못하느냐?

이 여부는 감독의 결단이 얼마나 적중하느냐에 따라 갈리기
마련이었다.

기적이 벌어지기 전, 태식은 은퇴를 염두에 두고 있었다.

당시 태식도 자신의 미래에 대해서 고민하지 않을 수 없었고,
가장 염두에 두었던 것은 지도자였다.

그래서 좋은 코치, 혹은 좋은 감독이 갖추어야 할 요건에 대
해 심각하게 고민하며 공부했던 때가 있었다.

그 공부와 고민의 결론은 결국 소통이었다.

좋은 지도자의 요건은 경기를 뛰는 선수와 얼마나 소통을 하
느냐에 달려 있었다.

선수의 몸 상태, 또, 심리 상태에 대해 완벽하게 파악하고 있
어야만 승부처에서 올바른 결단을 내릴 수 있기 때문이다.

그런 면에서 팀 셔우드 감독이 먼저 다가와 준 것은 올바른
결단이었다.

"교체해 주십시오."

태식이 망설이지 않고 대답하자, 팀 셔우드 감독이 고개를 끄

덕였다.

그렇지만 그의 표정은 밝지 않았다.

절대 쉽지 않은 결단이기 때문이리라.

"오늘 경기보다 내일 경기가 더 중요합니다."

그런 팀 셔우드 감독의 결단을 쉽게 만들어주기 위해서 태식이 말했다.

"물론 나도 알고 있어."

"……"

"그렇지만 오늘 경기에 패하면 내일 경기에서 승리를 거둔다고 하더라도 의미가 없다는 것이 마음에 걸려."

충분히 현실적인 고민이었다.

"제가 없다고 해서 꼭 오늘 경기에서 패하는 것은 아닙니다."

"그것도 알아. 다만… 승리할 수 있는 확률이 더욱 희박해진다는 것이 문제이지."

"저는 믿습니다."

"뭘 믿는단 말인가?"

"우리 팀원들을 믿습니다."

"하지만……"

"브라이언 스탠튼은 제 몫을 해낼 겁니다."

태식이 교체된다면 대신 우익수로 나설 것은 브라이언 스탠튼이었다. 그리고 태식은 브라이언 스탠튼을 믿고 있었다.

그가 달라졌다는 사실을 알고 있기 때문이다.

그렇지만 팀 셔우드 감독의 표정은 여전히 어두웠다.

태식과 달리 브라이언 스탠튼에 대한 믿음이 없기 때문이리라.

그리고.

지금 태식이 팀 셔우드 감독의 마음을 돌릴 수 있는 방법은 없었다.

브라이언 스탠튼이 그라운드에서 활약하는 것이 팀 셔우드 감독의 믿음을 얻을 수 있는 유일한 길이었다.

"감독님께서 말씀하셨던 무척 희박한 승리 가능성을 조금 더 높일 수 있는 방법을 알려 드리겠습니다."

"무엇인가?"

태식이 대답했다.

"카일 맥그리스입니다."

5. 그 전에 승부를 봐야죠

"카일 맥스리스?"

예상치 못했던 이름이 불쑥 튀어나왔기 때문일까.

팀 셔우드가 의아한 시선을 던졌다.

"연장 승부는 결국 불펜 싸움이 될 겁니다."

"그렇지."

"히스 벨은 10회까지가 한계입니다. 더 욕심을 낸다면 위험합니다."

"그건 나도 알고 있어."

팀 셔우드 감독이 답답한 표정으로 한숨을 내쉬었다.

그 사실을 잘 알고 있지만, 히스 벨 이후에 올릴 투수가 마땅치 않기 때문이었다.

아마 그가 염두에 둔 것은 파넬슨 레이먼과 미구엘 디아즈 정도일 터였다.

비록 정규 시즌에 불펜 투수로 나섰을 때 불안한 모습을 내비쳤지만, 달리 선택의 여지가 없다고 판단하기 때문이리라.

그러나 태식의 생각은 달랐다.

하나의 선택지가 더 남아 있었다.

바로 카일 맥그리스였다.

"카일 맥그리스가 3이닝을 막아줄 수 있을 겁니다."

"그렇게 판단하는 근거가 있나?"

"투구 폼이 생소하기 때문입니다."

좌완 사이드암.

카일 맥그리스는 메이저리그에서도 흔치 않은 좌완 사이드암 유형의 투수였다. 그리고 특이하면서도 생소한 카일 맥그리스의 투구 폼은 상대 선수들에게 혼란을 주기에 충분한 무기였다.

"더구나 카일 맥그리스는 올 시즌 경기 출전 빈도가 현저히 줄었습니다."

올 시즌 샌디에이고 파드리스의 5선발로 시작했던 카일 맥그리스는 시즌 도중 선발진에 합류했던 태식에게 밀려서 선발 로테이션에서 빠졌다.

그 후, 마이너리그로 내려갔다가 태식이 휴가를 간 사이에 콜업돼서 선발 등판을 했던 것이 마지막 경기 출전이었다.

LA 다저스 코칭스태프와 선수들도 이 시점에 카일 맥그리스의 갑작스러운 출전은 예상하지 못했을 터.

전혀 분석이나 준비가 되어 있지 않을 가능성이 높았다.

"이것이 상대의 허를 찌를 가능성이 있습니다."

태식이 주장했지만, 팀 셔우드 감독은 여전히 내키지 않는 기색이었다.

결국 태식이 부연을 덧붙였다.

"제가 휴가를 떠났을 때, 카일 맥그리스가 저를 대신해서 선발투수로 출전했습니다. 당시의 투구가 기억나십니까?"

"4회까지는 무실점으로 버텼지."

"맞습니다. 특히 3회까지는 안타와 볼넷을 하나도 허용하지 않은 완벽한 피칭을 했었죠."

"그렇지만… 5회에는 와르르 무너졌어."

"타순이 한 바퀴 돌면서 생소한 투구 폼이 읽혔으니까요."

"그럼 카일 맥그리스를 올리는 것은 너무 위험하지 않은가?"

"아까 제가 드린 말씀을 기억하지 못하십니까?"

"……?"

"카일 맥그리스가 3이닝은 막아줄 수 있을 거라고 말씀드렸습니다."

"왜 3이닝……? 그렇군."

팀 셔우드가 도중에 질문을 멈추고 뭔가 알아챘다는 표정을 지었다.

"타순이 한 바퀴 돌기 전까지는 괜찮다는 뜻인가?"

"생소한 투구 폼이 LA 다저스 타선의 허를 찌를 가능성이 높습니다."

"그럴 수도 있겠군."

팀 셔우드 감독이 비로소 납득한 표정을 지었다.

그러나 여전히 불안감을 완전히 떨치지 못한 채로 물었다.

"만약 그때까지도 승부가 나지 않으면 어쩌지?"

팀 셔우드 감독이 우려하는 것.

11회에 카일 맥그리스를 올려서 한 타순이 돌 동안 막을 때까지 승부가 나지 않는 것이었다.

괜한 우려가 아니었다.

실제로 메이저리그에서는 15이닝 이상 가는 연장전이 벌어지는 경우도 가끔씩 존재했으니까.

그리고 그런 경우까지는 태식도 대비책이 없었다.

잠시 뒤, 태식이 대답했다.

"그 전에 승부를 봐야죠."

11회 말 LA 다저스의 공격.

샌디에이고 파드리스의 마운드는 여전히 히스 벨이 지키고 있었다.

9회가 끝나고 교체된 후 더그아웃에서 경기를 지켜보고 있던 태식이 팀 셔우드 감독을 힐끗 살폈다.

10회 말이 끝났을 때, 히스 벨의 투구 수는 39개.

마무리 투수의 한계 투구 수에 대한 명확한 기준은 없었다. 그렇지만 일반적으로 마무리 투수는 1이닝만 책임지는 경우가 대부분이었다.

마운드 위에서 전력투구가 필요하기 때문이었다.

이미 1이닝 투구에 익숙한 마무리 투수 히스 벨에게 2이닝을 소화시킨 것부터 위험을 감수한 것이었다.

투구 수가 40개에 육박한 히스 벨의 구위가 떨어져 있는 상황.

언제든지 장타를 허용할 위험이 존재했다. 그래서 태식이 제시한 해법은 카일 맥그리스를 마운드에 올리는 것이었다.

그렇지만 팀 셔우드 감독의 선택은 달랐다.

11회 말에도 히스 벨을 마운드에 올리는 결단을 내렸다.

'믿지 못하는 거야!'

태식의 조언을 믿지 못하는 것이 아니었다.

팀 셔우드 감독은 카일 맥그리스를 신뢰하지 못하기 때문에 히스 벨에 대한 미련을 쉬이 버리지 못하는 것이었다.

그리고.

결과적으로 팀 셔우드 감독의 선택은 악수가 됐다.

슈악!

히스 벨이 11회 말의 선두 타자인 마이크 터너를 상대로 던진 커브는 높았다.

또, 꺾이는 각이 예리하지 못하고 밋밋했다.

'실투!'

따악!

마이크 터너는 실투를 놓치지 않았다.

그가 때린 타구는 원 바운드로 펜스를 직격하는 2루타가 됐다.

무사 2루.

히스 벨이 마이크 터너에게 장타를 허용한 순간, 태식이 재차 팀 셔우드 감독을 살폈다.

'더 늦으면 곤란해!'

팀 셔우드 감독이 히스 벨에 대한 미련을 끝내 놓지 못한다면, 더욱 어려운 상황에 처할 확률이 높았다.

그 전에 움직여야 했다.

그러나 태식의 마음과 달리 팀 셔우드 감독은 움직이지 않았다.

오히려 LA 다저스의 데이빗 로버츠가 먼저 움직였다.

데이빗 로버츠 감독은 2루 주자인 마이크 터너를 발 빠른 대주자로 교체했다.

'이번 찬스를 살려서 경기를 끝내려고 하는 거야!'

데이빗 로버츠 감독의 의중을 파악한 태식이 눈살을 찌푸린 순간, 팀 셔우드 감독이 마침내 움직였다.

마지못한 표정으로 마운드 위로 걸어 올라간 그는 히스 벨을 내리고 카일 맥그리스를 마운드에 올렸다.

바뀐 투수인 카일 맥그리스의 첫 상대는 3번 타자 코레이 시거.

타석에 들어선 코레이 시거는 번트 자세를 취했다.

'희생번트!'

슈아악!

틱! 데구르르.

카일 맥그리거가 초구를 던진 순간, 코레이 시거가 번트를 댔다.

3루쪽으로 댄 번트 타구의 강약 조절은 완벽했다.

투수인 카일 맥그리거는 1루로 송구해 타자 주자인 코레이 시거를 잡아냈다.

1사 3루로 상황이 바뀐 순간, 태식이 크게 숨을 들이쉬었다.

이제는 안타도 필요 없었다.

큼지막한 외야플라이 하나만 나와도 결승 득점을 올리면서 LA 다저스의 지구 우승이 확정되는 상황이었다.

태식의 손바닥에 어느새 땀이 흥건하게 고였다.

그렇지만 경기에 뛸 수 없는 태식이 할 수 있는 것은 없었다.

'잘해라!

카일 맥그리스를 응원하는 것이 전부였다. 그리고 카일 맥그리스는 기대 이상으로 마운드에서 담대하게 공을 뿌렸다.

슈아악!

팡!

"스트라이크!"

왼손 타자인 코스비 벨린저의 바깥쪽 코스로 직구를 던져서 초구 스트라이크를 잡아냈다.

'제구는 된다!'

바깥쪽 스트라이크존에 살짝 걸치며 파고든 카일 맥그리스의 직구를 확인한 태식이 안도했다.

그리고 2구째.

큼지막한 외야플라이도 허용해서는 안 되는 상황.

카일 맥그리스의 선택은 역시 바깥쪽이었다.

슈악!

그 순간, 코스비 벨린저가 크게 배트를 돌렸다.

'노렸어!'

바깥쪽 공이 들어올 것을 예상한 코스비 벨린저의 배트가 힘차게 돌아갔다.

부우웅!

그렇지만 코스비 벨린저의 배트는 허공을 갈랐다.

'슬라이더였어!'

초구였던 바깥쪽 직구보다 공 한 개가량 더 빠진 슬라이더가 코스비 벨린저의 헛스윙을 유도해 내는 데 성공했다.

노 볼 투 스트라이크.

투수에게 압도적으로 유리한 볼카운트로 바뀌었다.

'유인구!'

코스비 벨린저의 배트를 끌어낼 수 있는 유인구를 던질 타이밍이었다.

'슬라이더가 좋지 않을까?'

불리한 볼카운트인 만큼 코스비 벨린저도 여유가 없었다. 그래서 2구째로 던졌던 바깥쪽 슬라이더를 던지는 것이 괜찮지 않을까 하고 태식이 생각했을 때였다.

슈아악!

카일 맥그리스가 3구째 공을 던졌다.

'몸 쪽 직구!'

그런 카일 맥그리스의 선택은 태식의 예상을 빗나가게 만들었다.

'너무 깊었다?'

태식이 벌떡 일어났다.

카일 맥그리스가 몸 쪽 직구를 던진 순간, 코스비 벨린저가 화들짝 놀라며 뒤로 물러나는 것이 보였다.

그 제스처가 워낙 컸기에 너무 깊었다고 생각했는데.

팡!

"스트라이크아웃!"

주심은 스트라이크아웃을 선언했다.

"너무 깊었잖아요."

예상대로 코스비 벨린저가 펄쩍 뛰면서 주심에게 항의했다. 그러나 주심의 선언은 바뀌지 않았다.

"스트라이크존을… 통과했어!"

태식이 두 눈을 빛냈다.

카일 맥그리스가 던진 몸 쪽 직구가 너무 깊어서 사구로 이어지지 않을까 우려했는데.

이안 드레이크의 포구 지점은 깊지 않았다.

몸 쪽 스트라이크존을 걸치며 들어왔다는 증거였다.

"투구 폼 때문이야!"

코스비 벨린저는 왼손 타자.

왼손 사이드암 유형인 카일 맥그리스가 던진 몸 쪽 직구가 더욱 위협적으로 느껴질 수밖에 없었다.

2사 3루로 바뀐 상황.

타석에는 작 피더슨이 들어섰다.

코스비 벨린저를 루킹 삼진으로 돌려세우며 자신감을 얻어서일까.

카일 맥그리스의 투구는 더욱 거침이 없었다.

슈아악!

왼손 타자인 작 피더슨의 몸 쪽으로 직구가 들어왔다.

움찔!

작 피더슨의 반응도 코스비 벨린저와 비슷했다.

너무 깊었다고 판단한 작 피더슨은 움찔하며 뒤로 물러섰다.

"스트라이크!"

스트라이크존을 통과한 몸 쪽 직구를 뒤늦게 확인한 작 피더슨이 고개를 갸웃하는 것이 보였다.

슈아악!

카일 맥그리스의 2구 역시 직구.

다른 점은 몸 쪽이 아니라 바깥쪽 직구라는 점이었다.

몸 쪽 직구를 의식하고 있던 작 피더슨은 배트를 내밀던 도중에 가까스로 멈춰 세웠다.

"스트라이크!"

주심이 또 한 번 스트라이크를 선언했다.

"스트라이크존을 통과했어!"

작 피더슨이 배트가 돌지 않았다고 주심에게 항의했다.

실제로 작 피더슨의 배트는 돌지 않았다.

그렇지만 주심이 스트라이크를 선언한 이유는 카일 맥그리스의 직구가 스트라이크존을 통과했기 때문이다.

"멀어 보이는 거야!"

똑같이 바깥쪽 스트라이크존을 걸치는 바깥쪽 직구라고 하더라도, 작 피더슨이 느끼는 감각은 좀 다를 터였다.

더 멀게 느껴질 확률이 높았다.

그 이유는 카일 맥그리스의 투구 폼 때문이었다.

가장 먼 쪽에서 시작해서 가장 먼 쪽으로 들어가는 직구.

우완 정통파 투수가 던지는 바깥쪽 직구에 비해 왼손 타자는 훨씬 더 멀게 느껴질 수밖에 없었다.

그래서 작 피더슨이 항의를 하는 것이었고.

노 볼 투 스트라이크.

카일 맥그리스는 또 한 번 유리한 볼카운트를 선점했다.

'이번에는 어떤 공을 던질까?'

태식이 주시하고 있을 때, 카일 맥그리스가 거침없이 투구 모션으로 돌입했다.

'일부러 투구 간격을 좁혔어!'

아까에 비해 카일 맥그리스의 투구 간격은 더 좁혀져 있었다.

몸 쪽 직구와 바깥쪽 직구를 하나씩 던진 상황.

작 피더슨은 어느 공에 대비해야 할지 혼란스러울 터였다.

그런 작 피더슨에게 생각할 시간을 주지 않기 위해서 일부러 투구 간격을 좁히며 더 빨리 투구 모션에 돌입한 것이었다.

슈악!

부우웅!

카일 맥그리스의 선택은 바깥쪽이었다.

바깥쪽 슬라이더.

이미 한참 멀게 느껴졌던 카일 맥그리스의 바깥쪽 직구가 스트라이크존을 통과한 것을 경험했기 때문일까.

작 피더슨의 배트가 끌려 나왔다.

그러나 그의 배트는 허공을 갈랐다.

홈 플레이트를 통과하기 직전, 카일 맥그리스의 슬라이더가 예리하게 휘어지며 밖으로 흘러 나갔기 때문이다.

"스트라이크아웃!"

11회 말 1사 3루.

큼지막한 외야플라이만 나와도 경기가 끝날 수 있는 절체절명의 위기를 막아낸 카일 맥그리스가 주먹을 불끈 움켜쥐었다.

"알고 있어!"

자신감 넘치는 표정으로 마운드에서 걸어 내려오는 카일 맥그리스를 바라보던 태식의 입가로 희미한 웃음을 머금었다.

작 피더슨과 승부를 펼치는 과정에서 의식적으로 투구 간격을 좁힌 것.

또, 왼손 타자를 상대로 몸 쪽과 바깥쪽 공을 번갈아 던지는 것.

카일 맥그리스는 특이하고 생소한 투구 폼에서 만들어지는 자신의 장점에 대해서 알고 있다는 증거였다.

"일단 마운드는 안정됐다!"

팀 셔우드 감독이 말했던 희박한 승리 확률.

그 승리 확률이 조금은 높아졌다는 생각을 하며 태식이 그라운드를 주시했다.

6. 영웅 등장

1 : 1.

경기는 여전히 균형을 이룬 채로 14회 초로 접어들었다.

연장에 접어든 후에도 승부가 쉽게 결정되지 않았던 탓에 두 팀의 경기 시간은 자연스레 길어졌다.

그렇지만 다저 스타디움을 가득 메우고 있는 팬들 가운데 먼저 자리를 뜨는 관중은 아무도 없었다.

오늘 경기에서 LA 다저스의 지구 우승이 확정될 수도 있기 때문이다.

"또 나왔네!"

그라운드를 응시하고 있던 유인수가 꺼낸 이야기를 들은 송나영도 고개를 돌렸다.

타석을 향해 천천히 걸어 나오고 있는 카일 맥그리스의 모습을 확인한 송나영이 입을 뗐다.

"팀 셔우드 감독으로서는 달리 선택의 여지가 없죠."

9번 타순부터 시작하는 샌디에이고 파드리스의 14회 초 공격.

팀 셔우드 감독은 대타 카드를 꺼내지 않았다.

아니, 꺼내지 못했다고 표현하는 편이 옳았다.

그 이유는 현재 샌디에이고 파드리스에 남아 있는 투수가 없었기 때문이다.

물론 파넬슨 레이먼과 미구엘 디아즈는 오늘 경기에 아직까지 출전하지 않은 상태였다.

그렇지만 11회 말에 등판해서 2이닝 동안 완벽한 투구를 펼쳤던 카일 맥그리스보다 그들이 더 나은 투구를 펼칠 가능성은 희박했다.

그래서 팀 셔우드 감독으로서는 과감하게 대타 카드를 꺼내들면서 투수 교체를 단행할 수 없는 것이었다.

"카일 맥그리스 얘길 한 게 아냐."

그때, 유인수가 말했다.

"네? 그럼 누굴 얘기한 건가요?"

"칼리 젠슨 말이야."

그제야 말귀를 알아들은 송나영이 고개를 끄덕였다.

LA 다저스의 데이빗 로버츠 감독이 팀의 마무리 투수인 칼리 젠슨을 마운드에 올린 것은 10회 초였다. 그리고 칼리 젠슨은 지난 3이닝 동안 샌디에이고 파드리스 타선을 무실점으로 막아냈다.

투구 수는 무려 57개.

칼리 젠슨의 보직이 마무리 투수라는 점을 감안하면 엄청나게 많은 투구 수를 기록한 것이었다.

그래서 데이빗 로버츠 감독이 칼리 젠슨에게 13회까지만 맡길 것이라고 예상했는데.

송나영의 예상은 빗나갔다.

LA 다저스의 데이빗 로버츠 감독은 14회 초에도 칼리 젠슨을 마운드에 올렸다.

"너무 무리하는 게 아닐까요?"

"좋게 표현하면 뚝심, 나쁘게 표현하면 욕심이지."

"제가 보기엔 욕심인 것 같은데요."

"아마 믿는 구석이 있기 때문에 욕심을 부리는 걸 거야."

"믿는 구석이요?"

"클라이튼 커쇼!"

송나영이 반박하지 못했다.

설령 오늘 경기에서 패하더라도 LA 다저스에는 최후의 보루가 남아 있었다.

바로 인간계 최강 투수라 불리는 클라이튼 커쇼였다.

"오늘 경기가 어떻게 될까요?"

"나도 몰라."

"그래도 캡의 직감이란 게 있잖아요."

"진짜 모르겠어."

자신없는 표정을 짓던 유인수가 덧붙였다.

"그렇지만 한 가지는 알아."

"뭐죠?"

"단기전의 승부가 갈리는 것은 감독의 역량 차이가 크지."

유인수의 말이 끝난 순간, 송나영이 고개를 갸웃했다.

그가 꺼낸 이야기 속에 틀린 부분이 있다는 것을 간파했기 때문이다.

"단기전이 아니에요. 정규 시즌 경기 중의 하나죠."

해서 송나영의 지적했지만, 유인수는 고개를 흔들었다.

"실질적인 단기전이지."

"실질적인 단기전?"

"투수 운용만 봐도 딱 단기전이잖아."

이번에도 유인수의 말이 옳았다.

비록 정규 시즌 경기 가운데 하나였지만, 양 팀은 마치 단기전을 치르는 것처럼 총력전을 펼치고 있었다.

"실질적인 단기전이기 때문에 감독의 역량 차이에 따라 승부가 갈릴 가능성이 높다?"

"그래."

"캡이 보기에는 어느 쪽이 우세한데요?"

"현재까지는 박빙이야."

송나영이 고개를 끄덕였다.

양 팀 감독의 지략 대결은 경기 내내 치열하게 펼쳐졌다.

또, 현재까지는 팽팽했다.

그래서 지금까지 승부의 추가 한쪽으로 기울지 않은 것이었다.

"지금도 눈에 보이지 않는 지략 대결이 펼쳐지고 있어."

"지금도요? 어느 부분에서요?"

"데이빗 로버츠 감독이 칼리 젠슨을 그냥 올렸을까?"

"현재 가장 믿을 수 있는 투수이기 때문에 올린 게 아닐까요?"

"물론 그런 부분도 있지. 그렇지만 한 가지 이유가 더 있어."

"뭐죠?"

"타순."

"타순이요?"

"이번 이닝 샌디에이고 파드리스의 타순은 9번부터 시작해. 그리고 데이빗 로버츠 감독은 팀 셔우드 감독이 대타 카드를 꺼내 들지 못할 것을 예상했기 때문에 칼리 젠슨을 또 올린 거야."

"선두 타자가 투수니까 부담이 적다?"

"맞아. 그리고 하나 더 있어."

"뭐죠?"

"데이빗 로버츠 감독은 오늘 경기를 길게 보고 있어."

"지금보다 더 길게요?"

이미 14회에 접어든 상황이었다.

그런데 유인수는 LA 다저스의 데이빗 로버츠 감독이 경기를 길게 보고 투수 운용을 하고 있다고 말했다.

"얼마나 길게요?"

"15회 혹은 16회에 승부가 날 거라 예상하고 있어."

"왜요?"

"그때가 되면 카일 맥그리스를 상대하는 LA 다저스 타순이 한 바퀴 돌거든."

"생소한 투구 폼에 익숙해진다?"

"그래. 그때는 카일 맥그리스를 공략하는 것이 가능해진다. 그리고 샌디에이고 파드리스에 남아 있는 투수는 더 이상 없다. 그러니 점수를 뽑아낼 수 있다. 이렇게 판단하고 투수 운용을 하고 있는 거야."

유인수의 지적은 무척 예리했다.

그래서 송나영이 감탄하고 있을 때, 그가 덧붙였다.

"그렇지만 단기전이 재밌는 이유는 항상 변수가 출몰하기 때문이야."

"어떤 변수요?"

유인수가 대답했다.

"영웅이지."

"영웅… 이요?"

"예상치 못했던 영웅이 탄생하면서 단기전의 판도를 뒤흔들거든."

"스트라이크아웃!"

혹시나 하는 기대를 했던 태식의 표정이 실망감으로 깃들었다.

카일 맥그리스는 칼리 젠슨의 주 무기인 커터를 공략하지 못하고, 헛스윙 삼진으로 물러났다.

1사 주자 없는 상황에서 타석에 들어선 에릭 아이바는 칼리 젠슨의 초구를 공략했다.

슈악!

딱.

그러나 빗맞은 타구는 3루수 앞으로 굴러가는 평범한 내야 땅볼이 됐다.

"아웃!"

순식간에 아웃 카운트가 늘어나며 2사 주자 없는 상황으로 바뀌었다.

물끄러미 그라운드를 주시하고 있던 태식의 표정이 점점 어두워졌다.

마무리 투수인 히스 벨의 뒤를 이어 마운드에 오른 카일 맥그리스가 호투해 준 덕분에 연장전은 14회까지 접어들었다.

그러나 카일 맥그리스가 호투할 수 있는 시간은 이제 많이 남아 있지 않았다.

유효 기간이 끝나간달까.

타순이 한 바퀴 돌고 나면 LA 다저스 타선은 카일 맥그리스의 생소한 투구 폼에 적응하면서 제대로 공략하기 시작할 터였다.

그때는 투수가 이미 바닥났기에 샌디에이고 파드리스로서는 마땅한 대책이 없었다.

"어렵네."

태식이 깊은 한숨을 내쉬었을 때였다.

슈악!

따악!

경쾌한 타격음이 흘러나왔다.

2사 주자 없는 상황에서 타석에 들어선 호세 론돈이 투수인 칼리 젠슨의 곁을 스치고 지나가는 깔끔한 중전 안타를 터뜨렸다.

2사 1루로 바뀐 상황에서 타석에 들어선 것은 태식을 대신해 3번 타순에 들어서는 브라이언 스탠튼이었다.

그 순간, 태식이 슬쩍 고개를 돌려 팀 셔우드 감독을 살폈다.

혹시 대타 작전을 꺼내 들지 않을까 하는 생각이 들어서였다.

그렇지만 팀 셔우드 감독은 미동도 없었다.

'전혀 기대가 없군!'

태식이 살핀 팀 셔우드 감독은 지금 타석으로 들어서고 있는 브라이언 스탠튼에게 전혀 기대하는 기색이 아니었다.

그렇지만 태식은 달랐다.

타석으로 들어서고 있는 브라이언 스탠튼의 눈빛이 살아 있었기 때문이다.

"지금부터가 중요해. 팬들의 환호를 계속 받으려면 지금보다 더 나은 플레이를 펼치기 위해서 노력해야 하거든. 넓은 수비 범위를 활용한 과감한 수비는 분명히 매력적이야. 그렇지만 안정적인 수비도 필요해. 그리고 하나 더, 반쪽짜리 선수는 결국 메이저리그에서 살아남을 수 없다. 타석에서도 활약할 준비를 시작해."

얼마 전 태식이 브라이언 스탠튼에게 건넸던 조언이었다.

당시 브라이언 스탠튼은 태식의 조언을 귀담아 들었다. 그리고 타석에서도 활약할 수 있는 방법을 찾기 위해서 나름대로 공부하고 노력했을 가능성이 높았다.

물론 브라이언 스탠튼이 이번 타석에 안타를 때려낼 확률이 무척 낮다는 것만큼은 부인하기 어려웠다.

통계는 무시할 수 없었기 때문이다.

맷 부쉬의 부상 공백을 메우기 위해서 메이저리그로 콜업된 후 여러 경기에 출전했지만, 브라이언 스탠튼은 아직 단 하나의 안타도 기록하지 못했다.

그런 브라이언 스탠튼이 마침 이렇게 중요한 순간에 결정적인 안타를 때려낼 가능성은 희박했다.

"그래도… 기대할 수밖에!"

이대로 연장 승부가 더 길어지면 불리한 쪽은 샌디에이고 파드리스였다.

아주 희박한 가능성에 기댄 채 태식이 칼리 젠슨과 브라이언 스탠튼의 대결을 주시하기 시작했다.

우우.

우우우.

홈 팬들이 일제히 쏟아내던 야유를 들었을 당시의 기억은 브라이언 스탠튼의 뇌리 속에 생생하게 남아 있었다.

그때는 쥐구멍이라도 있으면 숨고 싶다는 생각밖에 없었다.

또, 도망치고 싶었다.

꿈에 그리던 메이저리그 데뷔전이었는데.

말 그대로 최악의 데뷔전이었다.

'또 실책을 하지 않을까? 그래서 홈 팬들의 야유를 듣게 되는 것이 아닐까?'

그 후로 경기에 출전하는 것이 두려웠다.

그때, 브라이언 스탠튼에게 먼저 다가왔던 것이 바로 김태식이었다.

그때, 김태식이 건넸던 조언은 공격은 버리고 수비에만 집중하라는 것이었다.

브라이언 스탠튼은 속는 셈 치고 그 조언을 충실히 따랐다. 그리고 그 조언을 따르자 상황이 극적으로 반전됐다.

와아!

와아아!

결정적인 호수비를 펼쳤을 당시, 홈 팬들이 야유 대신 쏟아냈던 거센 환호성은 브라이언 스탠튼의 심장을 거칠게 뛰게 만들었다.

또, 가슴이 한껏 달아올랐다.

'또 홈 팬들의 환호성을 듣고 싶다!'

언제 그랬냐는 듯 두려움이 사라졌다.

대신 욕심이 생겼다. 그리고 브라이언 스탠튼은 다시 홈 팬들의 환호성을 들을 수 있는 방법을 이미 알고 있었다.

바로 김태식의 조언을 충실히 따르는 것이었다.

"반쪽짜리 선수는 결국 메이저리그에서 살아남을 수 없다. 타석에서도 활약할 준비를 시작해."

타석에서의 부진을 단기간에 해결하는 것은 불가능했다.

그 사실을 브라이언 스탠튼도 알고 있었다.

그렇지만 손을 놓아 버리고 아무것도 하지 않을 수는 없었다. 그래서 고심 끝에 브라이언 스탠튼이 찾아낸 해법은 분석이었다.

'언제 경기에 나설까? 그리고 어떤 투수를 상대하게 될까?'

정규 시즌이 종료되기 전에 한 번은 기회가 찾아올 거란 생각으로 LA 다저스의 마무리 투수인 칼리 젠슨을 분석하고 또 분석했다.

그리고 마침내 기회가 찾아와 있었다.

'커터 공략!'

내셔널 리그 최고의 마무리 투수라고 평가받는 칼리 젠슨의 구종은 무척 단순했다.

커터와 슬라이더.

칼리 젠슨은 투 피치 유형의 투수였다.

고작 두 가지에 불과한 단순한 구종을 구사하는 칼리 젠슨이 내셔널 리그 최고의 마무리 투수로 우뚝 올라설 수 있었던 요인은 커터의 위력이었다.

언터처블.

커터가 들어올 것을 미리 알고 대비하더라도, 제대로 받아 칠 수 없다는 평가가 나올 정도로 칼리 젠슨이 구사하는 커터는 위력적이었다.

실제로 10회 초 첫 타석에서 브라이언 스탠튼이 직접 경험했던 칼리 젠슨의 커터는 공략이 불가능할 정도로 위력적이었다.

삼구 삼진.

브라이언 스탠튼은 첫 타석에서 맥없이 물러났었다.

그렇지만 두 번째 타석인 지금은 상황이 또 달라져 있었다.

슈악!

칼리 젠슨은 브라이언 스탠튼에게 초구로 커터를 던졌다.

배트를 내밀지 않고 그대로 지켜보았던 브라이언 스탠튼이 작게 고개를 끄덕였다.

'확실히 달라!'

비록 첫 타석에서는 맥없이 물러났지만, 브라이언 스탠튼은 포기하지 않고 칼리 젠슨의 투구를 유심히 살폈다.

그런 브라이언 스탠튼이 주시했던 것은 1사 주자 없는 상황에서 타석에 등장했던 에릭 아이바의 타구였다.

에릭 아이바는 당시 평범한 내야 땅볼에 그쳤다. 그러나 브라이언 스탠튼이 지켜보았던 에릭 아이바의 스윙은 완벽했다.

칼리 젠슨이 던지는 커터의 궤적을 미리 예측하고 에릭 아이바는 완벽한 타이밍에 스윙을 가져갔는데.

칼리 젠슨의 커터는 에릭 아이바가 휘두른 배트 중심에 걸리지 않았다.

그 이유는 칼리 젠슨의 커터가 변했기 때문이다.

칼리 젠슨의 커터가 위력적인 이유는 홈 플레이트 근처에서 급격하게 아래로 떨어지기 때문이었다.

그런데 에릭 아이바를 상대로 던진 커터의 궤적은 변해 있었다.

낙차의 폭이 줄어 있었다.

'의도한 건가?'

칼리 젠슨의 달라진 커터 궤적을 확인한 순간, 브라이언 스탠튼이 가장 먼저 떠올린 생각이었다. 그리고 방금 홈 플레이트를 통과했던 칼리 젠슨의 커터를 통해서 브라이언 스탠튼은 확실히 알아챘다.

의도한 것이 아니라는 사실을.

7. 명장이 내린 결단들

'지친 거야!'

칼리 젠슨의 투구 수는 어느덧 60개를 넘어 70개에 육박하고 있었다.

올 시즌 칼리 젠슨의 최다 투구 수.

투구 수가 늘어난 만큼, 칼리 젠슨은 당연히 지칠 수밖에 없었다. 그래서 커터의 위력도 감소하며 낙차 폭이 줄어든 것이었다.

'방심하고 있을 거야!'

타석에서 벗어났던 브라이언 스탠튼이 두 눈을 빛냈다.

칼리 젠슨 역시 자신에 대해 알고 있을 터였다.

메이저리그 데뷔 후 단 하나의 안타도 기록하지 못한 선수.

수비 전문인 반쪽짜리 선수.

이런 자신에 대한 정보를 들어서 알고 있을 테니, 칼리 젠슨은 방심하고 있을 확률이 높았다.

'커터다!'

그러니 굳이 슬라이더를 섞어 던지지 않을 터였다.

무조건 커터가 들어온다고 확신한 브라이언 스탠튼이 타석으로 돌아와서 배트를 고쳐 쥐었다.

그리고.

슈악!

브라이언 스탠튼의 예상은 적중했다.

마치 칠 수 있으면 어디 한번 쳐보라는 듯이 한가운데로 들어오는 커터를 확인한 브라이언 스탠튼이 힘껏 배트를 휘둘렀다.

낙차 폭이 작게 변한 커터의 궤적을 미리 계산하고 가져간 스윙.

따악!

손바닥에 전해지는 울림이 강렬했다.

메이저리그에 승격된 후 처음 들어보는 경쾌한 타격음이 브라이언 스탠튼의 심장을 뛰게 만들었다.

타다닷!

2사 후였기 때문에 1루 주자였던 호세 론돈은 일찌감치 스타트를 끊었다.

천천히 1루로 향해 달려 나가던 브라이언 스탠튼이 타구의 궤적을 눈으로 좇았다.

우중간으로 향하는 타구.

타구가 뒤로 빠지면 1루 주자인 호세 론돈이 홈으로 들어오는 것을 막지 못한다고 판단했기 때문일까.

우익수가 필사적으로 타구를 쫓아가서 점프 캐치를 시도하는 것이 보였다.

'넘어가라!'

브라이언 스탠튼이 속으로 간절히 외쳤다. 그리고 타구는 우익수가 들어 올린 글러브를 살짝 넘기고 떨어졌다.

'됐다!'

1루 베이스를 통과한 브라이언 스탠튼이 호세 론돈을 살폈다.

3루 베이스를 통과한 호세 론돈이 여유 있게 홈 플레이트를 통과하는 것이 보였다.

2 : 1.

14회 초에 마침내 균형이 깨졌다.

그리고.

브라이언 스탠튼이 바라 마지않던 환호는 쏟아지지 않았다.

그 이유는 오늘 경기가 열리는 장소가 펫코 파크가 아니었기 때문이다.

대신 다저 스타디움에는 무거운 적막이 흘렀다.

'이것도… 나쁘지 않네!'

지금 흐르고 있는 적막.

홈 팬들의 환호 못지않게 좋았다.

그래서 브라이언 스탠튼의 가슴이 뜨겁게 달아올랐다.

*   *   *

―이제는 샌디에이고 파드리스가 지구 우승에 더 가까워졌다.

전문가들의 태세 전환은 빨랐다.

불과 하루 만에 백팔십도 달라진 예측을 내놓았다.

"우리보다 더 빠르네!"

유인수가 혀를 내두르며 말하는 것을 들은 송나영이 실소를 터뜨렸다.

대한민국이나 미국이나 전문가들의 예측이 빗나가는 것은 딱히 다를 바가 없다는 생각이 들었기 때문이다.

"결국 캡의 예상처럼 됐네요."

"응?"

"영웅이 등장했으니까요."

14회까지 이어졌던 샌디에이고 파드리스와 LA 다저스의 어제 경기.

승부를 결정지은 것은 누구도 예상치 못했던 선수였다.

바로 브라이언 스탠튼.

김태식이 교체되면서 연장부터 경기에 투입됐던 브라이언 스탠튼은 두 차례 타석에 들어섰다. 그리고 두 번째 타석에서 무척 길었던 경기의 균형을 깨뜨리는 1타점 적시 2루타를 때려냈다.

팽팽했던 승부를 결정짓는 결승타.

또, 이 결승타는 올 시즌 브라이언 스탠튼의 첫 안타이기도 했다.

시즌 첫 안타가 가장 중요한 순간에 나온 결승타가 된 것이었다.

"솔직히 말하면 몰랐어."

"네? 하지만……."

"영웅이 등장할 가능성은 있지만, 브라이언 스탠튼이 그 영웅이 될지는 몰랐어."

유인수가 솔직하게 고백했다.

잠시 뒤, 그가 덧붙였다.

"물론 브라이언 스탠튼이 어제 경기의 영웅이 되긴 했지만, 내가 보기에 진짜 영웅은 따로 있어."

"누구죠?"

"팀 셔우드 감독."

"왜 팀 셔우드 감독이 진짜 영웅이죠?"

"브라이언 스탠튼을 믿고 계속 기용했으니까."

송나영이 희미하게 고개를 끄덕였다.

어제 경기를 지켜봤던 어느 누구도 브라이언 스탠튼이 LA 다저스의 마무리 투수인 칼리 젠슨을 상대로 결승타를 때려낼 거라 예상하지 못했다.

그 이유는 브라이언 스탠튼이 올 시즌 단 하나의 안타도 기록하지 못했을 정도로 타격감이 좋지 않았기 때문이다.

24타수 무안타.

메이저리그에 콜업된 후 브라이언 스탠튼이 타석에서 남긴 기록이었다.

'대타자를 기용하고 싶었을 거야!'

팀 셔우드 감독은 어제 경기에서 당연히 대타 카드를 꺼내 들고 싶었을 것이다.

대타 요원인 라이언 피어밴드가 엔트리에 남아 있었기 때문이다.

그렇지만 팀 셔우드 감독은 결국 대타 카드를 꺼내 들지 않았다.

대신 브라이언 스탠튼에게 마지막 기회를 줬다.

그런 팀 셔우드 감독의 선택은 결과적으로 적중했다.

브라이언 스탠튼이 결정적인 순간 긴 침묵을 깨뜨리는 결승타를 터뜨렸고, 덕분에 승리를 거둘 수 있었으니까.

"팀 셔우드 감독은 왜 대타 카드를 꺼내 들지 않았을까요?"

송나영이 호기심을 이기지 못하고 질문했다.

"브라이언 스탠튼이 타석에서 뭔가를 해낼 것이란 직감이 있었을 수도 있고, 연습 시에 브라이언 스탠튼의 타격감이 올라왔다는 것을 확인했기 때문일 수도 있지. 그렇지만 정확한 이유까지는 외부인인 내가 알 수 없지."

"그렇긴 하죠."

송나영이 수긍한 순간., 유인수가 말을 이었다.

"어제 경기의 승패는 결국 감독 역량에서 갈렸어. 팀 셔우드 감독이 데이빗 로버츠 감독보다 한 수 위였던 거지."

"왜 그렇게 생각하는 거죠?"

"팀 셔우드 감독이 내렸던 결단들이 적중했으니까."

"결단들… 이요?"

송나영이 고개를 갸웃했다.

브라이언 스탠튼을 끝까지 믿고 기회를 준 것.

이것이 송나영이 판단한 팀 셔우드 감독이 잘했던 유일한 결단이었다.

그런데 유인수는 그게 다가 아니라고 말하고 있었다.

"어려운 결단들을 여러 차례 내렸지. 우선 아까 말했듯이 대타 카드를 꺼내 들지 않고 브라이언 스탠튼에게 기회를 줬던 결단을 내렸지."

"또 어떤 결단을 내렸죠?"

"카일 맥그리스를 투입한 것도 쉽지 않은 결단이었을 거야."

"카일 맥그리스를 투입한 것도… 분명히 의외였긴 했죠."

파넬슨 레이먼과 미구엘 디아즈.

샌디에이고 파드리스의 불펜에는 두 명의 투수가 남아 있었다.

그렇지만 팀 셔우드 감독은 모두의 예상을 깨고 카일 맥그리스를 마운드에 올렸다. 그리고 팀 셔우드 감독의 결단은 또 한 번 멋들어지게 적중했다.

카일 맥그리스는 3이닝을 무실점으로 틀어막으면서 샌디에이고 파드리스의 승리를 지켜냈으니까.

어제 경기에서 브라이언 스탠튼은 일약 영웅으로 떠올랐다. 그렇지만 송나영이 판단하기에 카일 맥그리스 역시 어제 경기 샌디에이고 파드리스의 영웅이었다.

그가 3이닝을 무실점으로 막아낸 덕분에 브라이언 스탠튼이 결승타를 때려낼 수 있는 기회가 주어졌기 때문이다.

"가장 중요했던 것은 카일 맥그리스를 투입한 시점이야."

"투입한 시점이요?"

"팀 셔우드 감독이 카일 맥그리스를 믿을 수 있었을까?"

"그야… 믿기 어려웠겠죠."

팀 셔우드 감독이 카일 맥그리스를 신뢰하기에는 그가 보여준 것이 너무 없었다.

"감독들은 신뢰하는 선수에 대한 미련을 버리기 어려워."

"그건 당연한 거죠."

"어제 경기에서 두 감독 모두 마찬가지였어. LA 다저스의 데이빗 로버츠 감독이 투구 수가 60개가 넘은 카일 젠슨을 계속 마운드에 올렸던 것만 봐도 알 수 있지. 그리고 데이빗 로버츠 감독의 미련은 패착이 됐고. 팀 셔우드 감독 역시 비슷했어. 이미 2이닝을 책임졌던 히스 벨을 11회에도 올렸던 것이 미련을 갖고 있었다는 거야. 두 감독의 차이는 누가 먼저 미련을 버렸는가였어."

유인수의 말이 옳았다.

LA 다저스의 데이빗 로버츠 감독은 투구 수가 무려 60개가 넘은 팀의 마무리 투수인 칼리 젠슨을 계속 마운드에 올렸다.

칼리 젠슨에 대한 미련을 끝내 버리지 못했기 때문이다.

그리고 결국 데이빗 로버츠 감독의 미련은 패착이 됐다.

투구 수가 급격히 늘어나면서 구위가 현저히 떨어진 칼리 젠슨이 고비를 넘지 못하고 무너졌기 때문이다.

반면 샌디에이고 파드리스의 팀 셔우드 감독은 비교적 일찍 팀의 마무리 투수인 히스 벨에 대한 미련을 버렸다.

히스 벨을 비교적 이른 시점에 내리고 카일 맥그리스를 마운드에 올리는 결단을 내렸다.

결과적으로는 그 차이가 어제 경기의 승패를 갈랐던 셈이다.

"아직 하나 더 있어."

그때, 유인수가 말했다.

"또 뭐가 있죠?"

"김태식!"

"……?"

"김태식을 연장 승부에 투입하지 않고 교체한 것. 아마 팀 셔우드 감독으로서는 가장 어려운 결단이었을 거야."

유인수의 말대로였다.

김태식의 존재 유무에 따라서 샌디에이고 파드리스의 전력에는 큰 차이가 발생했다.

어제 경기에서 샌디에이고 파드리스가 패했다면, 내셔널 리그 서부 지구 우승은 LA 다저스가 차지했다.

즉, 내일이 없는 상황에서 김태식을 교체한다는 것.

팀 셔우드 감독으로서는 절대 쉽지 않은 결단이었을 터였다.

"결국은 교체했죠."

"그래. 내가 보기엔 그 결단이 팀 셔우드 감독이 내린 최고의 결단이었어."

"왜죠?"

"김태식이 정상 컨디션으로 오늘 경기에 선발투수로 나설 수 있으니까."

송나영이 고개를 끄덕인 순간, 유인수가 덧붙였다.

"오늘 경기에서 내셔널 리그 사이영상 수상자가 결정될 거야."

*　　　　　*　　　　　*

슈악!

부우웅.

크게 헛스윙을 한 태식이 속으로 혀를 내둘렀다.

세계 최고라고 손꼽히는 클라이튼 커쇼의 커브는 역시 명불허전이었다.

커브를 던질 것이라고 예측한 노림수가 통했음에도 불구하고, 태식은 배트에 공을 맞추지 못했다.

'낙차가 크다!'

원 볼 투 스트라이크.

불리한 볼카운트에 몰린 태식이 다시 집중하기 위해서 애썼다.

슈아악!

"볼!"

클라이튼 커쇼가 4구째로 선택한 공은 직구였다.

유인구를 염두에 두고 있을 태식의 의표를 찌르기 위해서 그가 몸 쪽 직구를 던졌지만, 너무 낮았다.

투 볼 투 스트라이크.

'슬라이더!'

태식이 슬라이더를 예상하고 기다리고 있을 때, 클라이튼 커쇼가 와인드업을 했다.

슈악!

부우웅.

그렇지만 클라이튼 커쇼의 선택은 슬라이더가 아니었다.

바깥쪽 커브를 커트해 내기 위해서 태식이 배트를 휘둘렀지만, 이번에도 배트는 허공을 갈랐다.

"스트라이크아웃!"

헛스윙 삼진을 당한 태식이 더그아웃으로 돌아가며 고개를 절레절레 내저었다.

명품이라고 불리는 클라이튼 커쇼의 커브가 위력적인 이유는 단지 낙차의 폭이 크기 때문이 아니었다.

'낙차 폭이 달라!'

구종은 같은 커브였지만, 낙차 폭이 달랐다.

그래서 타자들이 커브가 들어올 것을 알면서도 속수무책으로 당하는 것이었다.

세 타자 연속 삼진.

결정구인 커브를 앞세워 클라이튼 커쇼는 1회 초 샌디에이고 파드리스의 세 타자를 모두 삼진으로 돌려세웠다.

와아!

와아아!

다저 스타디움을 가득 메운 홈 팬들의 환호 속에 마운드에서 내려가는 클라이튼 커쇼를 바라보던 태식이 혼잣말을 꺼냈다.

"커쇼는… 커쇼네."

8. 공략법을 찾아라

내셔널 리그 서부 지구 우승 팀이 가려지게 될 정규 시즌 최종전 경기.

"결국… 여기까지 왔구나!"

마이크 프록터가 감회에 젖은 시선을 던졌다.

모두가 불가능하다고 여겼던 샌디에이고 파드리스의 지구 우승. 그러나 마이크 프록터는 포기하지 않았다. 그리고 샌디에이고 파드리스의 선수들도 끝까지 포기하지 않았다.

그 덕분에 여기까지 올 수 있었던 것이다.

파죽의 8연승.

샌디에이고 파드리스의 팀 분위기는 무척 좋았다.

또, 추격자 입장이었다.

분명히 쫓기는 입장인 LA 다저스에 비해 유리한 상황이었다.

그럼에도 불구하고 여전히 오늘 경기를 앞두고 LA 다저스의 지구 우승을 점치는 전문가들의 수가 더 많았다.

약 6 대 4의 비율.

그리고 LA 다저스가 지구 우승을 차지할 것이라고 예상한 전문가들이 내세운 근거는… 클라이튼 커쇼였다.

인간계 최강 투수라 불리는 클라이튼 커쇼가 정규 시즌 최종전에 선발투수로 출격하기 때문에 LA 다저스가 우승한다고 점친 것이었다.

물론 샌디에이고 파드리스의 선발투수로 출격하는 김태식도 올 시즌 무척 뛰어난 활약을 펼쳤다.

그러나 클라이튼 커쇼의 이름값과 무게감을 따라가기에는 아직 더 많은 시간과 검증이 필요했다.

"스트라이크아웃!"

5회 초에도 마운드를 지키고 있던 클라이튼 커쇼는 샌디에이고 파드리스의 8번 타자 이안 드레이크를 상대로 헛스윙 삼진을 유도해 냈다.

삼자범퇴.

"역시 클라이튼 커쇼가 대단하긴 하구나."

단단히 각오를 하고 나온 걸까.

클라이튼 커쇼의 현재까지의 투구는 말 그대로 완벽에 가까웠다.

볼넷 하나와 안타 하나.

단 두 명의 주자에게만 출루를 허용했다.

또, 투구 수도 60개 언저리에 불과한 만큼, 충분히 완투도 가능한 수준이었다.

"어떻게 커쇼를 공략해야 할까?"

마이크 프록터의 한숨이 깊어졌다.

'어떻게 공략해야 할까?'

5회 말, 2사 2루 상황에서 타석에 들어선 것은 클라이튼 커쇼였다.

타석에서 매서운 시선을 쏘아내고 있는 클라이튼 커쇼를 확인한 순간, 태식의 머릿속에 깃든 생각이었다.

정규 시즌 최종전에 LA 다저스의 선발투수로 출격하는 것이 클라이튼 커쇼임은 이미 알고 있었다.

그래서 어려운 경기가 될 것도 이미 예상했다.

그렇지만 막상 경기가 시작되고 나자, 클라이튼 커쇼의 벽은 더욱 높고 단단하게 느껴졌다.

'분명히 공략할 방법이 있을 거야!'

아무리 클라이튼 커쇼라고 해도 약점은 있을 터였다. 그리고 클라이튼 커쇼의 약점은 분석으로 찾아낼 수 있는 것이 아니었다.

경기 중에 약점을 찾아내야 했다.

"스트라이크!"

"스트라이크!"

커브와 슬라이더.

잇따라 두 개의 스트라이크를 잡아낸 태식은 유리한 볼카운트를 선점했다.

그리고 3구째.

태식이 선택한 공은 커브였다.

투수인 클라이튼 커쇼가 직구를 노릴 것을 예상하고 선택한 볼 배합.

슈악!

손에서 공이 떠난 순간, 태식이 움찔했다.

자꾸 신경이 분산되면서 투구에 집중하지 못한 탓에 공이 가운데로 몰렸기 때문이다.

'실투!'

따악!

경쾌한 타격음이 흘러나온 순간, 태식이 바로 고개를 돌려서 타구의 궤적을 눈으로 좇았다.

2사 주자 2루인 상황.

짧은 안타 하나만 나와도 실점을 허용할 확률이 높은 상황이었다.

클라이튼 커쇼의 타구는 우익수 앞에 떨어지는 안타성 타구.

태식의 눈에 맹렬하게 대시하는 브라이언 스탠튼의 모습이 들어왔다. 그런 브라이언 스탠튼이 슬라이딩 캐치를 시도했다.

아아!

아아아!

클라이튼 커쇼의 안타성 타구가 슬라이딩 캐치를 시도한 브라이언 스탠튼의 글러브 속으로 빨려 들어갔음을 확인한 LA 다저스 홈 팬들의 아쉬운 탄식성이 흘러나왔다.

"나이스 캐치!"

태식이 안도의 한숨을 내쉬었다.

실점을 막아내는 호수비를 펼쳤던 브라이언 스탠튼이 환하게 웃으며 더그아웃으로 돌아왔다.

'운이 좋았어!'

천천히 마운드를 걸어 내려가던 태식이 자책했다.

'집중력이 흐트러졌어!'

타석에 들어서 있는 것이 투수인 클라이튼 커쇼다.

이런 생각으로 인해 방심하면서 타석에서 클라이튼 커쇼를 공략할 방법을 머릿속으로 계속 고민했다.

그러다 보니 집중력이 흐트러지면서 실투가 나왔던 것이다.

'너무 서둘렀어!'

그리고 또 하나.

어제 경기는 연장 14회까지 이어진 대접전이었다.

선발투수였던 팻 메이튼이 비교적 일찍 마운드에서 내려간 후, 샌디에이고 파드리스는 불펜진을 총동원했다.

오늘 경기에 출전할 수 있는 불펜 투수는 많지 않았다.

또, 설령 출전한다고 하더라도 좋은 피칭을 하기 어려울 터였다.

즉, 오늘 경기는 태식이 오롯이 책임져야 했다.

이미 각오를 다졌기 때문일까.

태식은 투구 수를 줄이기 위해서 의도적으로 빠른 승부를 가져가려 했다.

방금 전 클라이튼 커쇼와의 대결도 마찬가지였다.

부지불식간에 빠른 승부를 염두에 두고 있었기 때문에 유인구가 아닌 스트라이크존을 통과하는 커브를 던졌던 것이다.

'만약 타석에 들어서 있던 것이 클라이튼 커쇼가 아니었다면?'

태식이 아찔한 기분을 느꼈다.

만약 그랬다면 실투를 던졌던 것으로 인해 더 큰 대가를 치렀으리라.

'신중하자!'

오늘 경기의 중요성에 대해서는 태식이 누구보다 잘 알고 있었다.

해서 스스로 각오를 다지며 더그아웃으로 걸어가던 태식이 우뚝 멈춰 섰다.

'이거야!'

높고 단단한 벽처럼 느껴졌던 클라이튼 커쇼를 공략해서 무너뜨릴 수 있는 방법을 찾지 못해서 고민했다.

그런데 방금 그 방법이 태식의 눈앞을 스치고 지나갔다.

6회 초 샌디에이고 파드리스의 공격.

선두 타자로 나선 것은 9번 타자 브라이언 스탠튼이었다.

어제 결승타를 때려낸 데다가, 이전 수비에서 실점을 막아내는 호수비까지 펼쳤던 브라이언 스탠튼은 타석에서도 대단한 집중력을 발휘했다.

상대가 인간계 최강 투수라 불리는 클라이튼 커쇼임에도 불구하고 브라이언 스탠튼은 전혀 주눅 들지 않았다.

슈악!

딱!

클라이튼 커쇼가 던진 회심의 커브의 궤적은 무척 예리했다.

그렇지만 브라이언 스탠튼은 커트를 해내는 데 성공했다.

9구째 공으로도 승부를 내지 못한 순간, 클라이튼 커쇼가 모자를 벗고 이마에 맺힌 땀을 닦아냈다.

이어진 10구째 승부.

슈아악!

클라이튼 커쇼가 선택한 공을 바깥쪽 직구였다.

"볼!"

그러나 너무 낮았다.

주심이 볼넷을 선언한 순간, 마운드에 서 있던 클라이튼 커쇼의 표정이 일그러지는 것이 눈에 들어왔다.

"처음이군!"

더그아웃에서 그 모습을 지켜보던 태식이 두 눈을 빛냈다.

최고의 투수답게 클라이튼 커쇼는 마운드 위에서 표정 변화가 거의 없었다.

오늘 경기에서도 포커페이스를 유지해 오고 있었는데.

처음으로 표정을 일그러뜨리면서 답답한 기색을 드러냈다.

'잘했네!'

태식이 브라이언 스탠튼을 향해 엄지를 추켜세웠다.

1타수 무안타 원 볼넷.

브라이언 스탠튼은 오늘 경기에서 클라이튼 커쇼를 상대로 두 차례 타석에 들어섰지만, 아직 안타를 빼앗아내지 못했다.

그러나 안타보다 값진 볼넷을 얻어냈다.

또, 태식이 주문했던 것을 충실히 이행했다.

"최대한 길게 승부를 끌어!"

브라이언 스탠튼이 두 번째 타석에 들어서기 직전, 태식이 주문했던 것이다. 그리고 브라이언 스탠튼은 10구까지 가는 긴 승부를 펼친 데다가, 볼넷까지 얻어냈다.

'흔들리지 않을까?'

긴 승부를 펼치며 투구 수가 늘어났고, 승부의 결과마저 좋지 않았다.

이런 상황에서 투수가 흔들리는 경우는 다반사였다.

그래서 내심 클라이튼 커쇼가 흔들리기를 바랐는데.

슈악!

틱!

클라이튼 커쇼가 괜히 인간계 최강 투수라고 불리는 것이 아니었다.

팀 셔우드 감독의 희생번트 지시를 받고 타석에 들어선 에릭 아이바를 상대로 초구에 커브를 던졌다. 그리고 에릭 아이바가 댄 번트 타구는 배트 상단에 맞으면서 살짝 떠올랐다.

"아웃!"

포수인 야스만 그랜달이 재빨리 타구를 잡아냈다.

자칫 잘못했으면 1루 주자인 브라이언 스탠튼마저 1루에서 아웃되면서 더블 아웃이 될 수도 있었던 번트 실패.

1사 1루로 바뀐 상황에서 타석에 들어선 것은 샌디에이고 파드리스의 2번 타자 호세 론돈이었다.

슈악!

"스트라이크!"

클라이튼 커쇼는 바깥쪽 커브를 던져서 초구 스트라이크를
잡아냈다.

그리고 2구째!

슈악!

타다닷.

클라이튼 커쇼의 손에서 공이 떠난 순간, 1루 주자였던 브라
이언 스탠튼이 빠르게 스타트를 끊었다.

부우웅!

호세 론돈이 힘껏 스윙했지만, 배트는 허공을 갈랐다.

포수인 야스만 그랜달이 포구하자마자, 바로 2루로 공을 송구
했다.

탁.

퍽!

헤드 퍼스트 슬라이딩을 감행한 브라이언 스탠튼의 손끝이
베이스에 닿은 것과 태그를 시도한 2루수의 글러브가 어깨를 터
치한 것은 거의 동시였다.

그러나 간발의 차로 베이스 터치가 빨랐다.

"세이프!"

2루심이 세이프를 선언한 순간, 대기 타석에 서 있던 태식이
더그아웃 쪽으로 고개를 돌렸다.

'히트 앤 런!'

팀 셔우드 감독이 작전 지시를 내렸기에 1루 주자였던 브라이

언 스탠튼이 빠르게 스타트를 끊었던 것이다.

그렇지만 호세 론돈이 타격에 실패하면서 팀 셔우드 감독의 '히트 앤 런' 작전은 실패로 돌아갈 확률이 높아졌다.

원래라면 1루 주자였던 브라이언 스탠튼이 비명횡사했을 가능성이 높았으니까.

그러나 브라이언 스탠튼은 빠른 발을 뽐내며 2루에서 용케 살아남았다.

희생번트에 이어서 히트 앤 런까지.

잇따라 작전이 실패로 끝날 뻔했던 위기를 넘긴 팀 셔우드 감독이 길게 안도의 한숨을 내쉬는 것이 보였다.

그런 팀 셔우드 감독은 호세 론돈에게 기대에 찬 시선을 던졌다.

슈악!

부우웅.

그러나 호세 론돈은 또 한 번 헛스윙을 하면서 삼진으로 물러났다.

2사 2루로 바뀐 상황에서 타석으로 태식이 들어섰다.

힐끗.

타석으로 걸음을 옮기던 태식의 눈에 클라이튼 커쇼가 고개를 돌려서 전광판을 살피는 것이 보였다.

'투구 수를 확인하는 거야!'

그 모습을 놓치지 않은 태식이 두 눈을 빛냈다.

아까 브라이언 스탠튼과 10구까지 이어졌던 긴 승부를 펼쳤던 것이 클라이튼 커쇼에게는 부담으로 작용했으리라.

그래서 본인의 투구 수를 확인하는 것이었고.

'나와 똑같은 생각을 하고 있어!'

"클라이튼 커쇼를 공략할 수 있는 방법이 대체 무엇일까?"

태식이 오늘 경기 내내 줄곧 고민했던 부분이다. 그리고 아까 퍼뜩 눈앞을 스치고 지나갔던 해법은 심리적인 부분이었다.

샌디에이고 파드리스만 어제 경기에서 연장 접전을 치렀던 것이 아니었다.

LA 다저스도 마찬가지였다.

더구나 어제 경기에서 LA 다저스의 데이빗 로버츠 감독은 말 그대로 총력전을 펼쳤다.

선발투수인 다르빗 유와 마에다 켄타를 모두 불펜 투수로 활용했고, 마무리 투수인 칼리 젠슨도 70개 가까이 공을 던졌다.

이들이 오늘 경기에 나설 수 있는 가능성은 제로에 가까웠다.

즉, 완투에 대한 부담을 가진 것은 태식만이 아니었다.

클라이튼 커쇼도 마찬가지였다.

'투구 수를 의식할 수밖에 없어!'

이것이 아까 브라이언 스탠튼에게 최대한 긴 승부를 주문했던 이유였다.

그리고 하나 더.

'컨디션이 최상은 아냐!'

클라이튼 커쇼의 투구를 유심히 살핀 태식이 내린 결론이었다.

특히 직구의 제구가 뜻대로 되지 않았다.

그 이유는 대략이나마 짐작할 수 있었다.

'루틴이… 깨졌어!'

4일 휴식 후 선발 등판.

올 시즌 내내 클라이튼 커쇼가 가져간 루틴이었다.

그런데 이번 경기는 달랐다.

3일 휴식 후 선발로 등판했다.

즉, 휴식일이 하루 짧았던 것이다.

"압박이… 효과가 있었어!"

파죽의 8연승.

샌디에이고 파드리스는 정규 시즌 막바지에 연승을 이어나가며 무서운 기세로 LA 다저스를 추격했다.

그로 인해 LA 다저스는 압박을 느낄 수밖에 없었고, 결국 정규 시즌 최종전에 클라이튼 커쇼를 하루 앞당겨서 선발투수로 투입할 수밖에 없었다.

어쨌든.

직구 제구가 뜻대로 되지 않음에도 불구하고 클라이튼 커쇼가 호투를 이어갈 수 있었던 원동력은 커브였다.

워낙 커브의 위력이 뛰어났기 때문에 샌디에이고 파드리스 타선을 꽁꽁 묶을 수 있었던 것이다.

'결국… 커브다!'

오늘 경기 클라이튼 커쇼의 커브 구사 비율은 무척 높았다.

직구의 제구가 뜻대로 되지 않는 것도 이유였지만, 다른 이유도 있었다.

바로 투구 수 관리 차원이었다.

최대한 빠른 승부를 가져가기 위해서 클라이튼 커쇼는 가장 위력적인 커브 구사 비율을 높였던 것이다.

그리고.

브라이언 스탠튼과의 긴 승부 후에 클라이튼 커쇼의 커브 구사 비율은 더욱 높아졌다.

에릭 아이바와 호세 론돈과 승부하는 과정에서 던진 4개의 공의 구종은 모두 커브였다.

투구 수가 늘어나며 더 초조해졌기 때문이리라.

굳이 수 싸움은 필요 없었다.

오직 커브만 노리면 되는 것이었다.

'제대로 붙어보자!'

태식이 배트를 고쳐 쥐었다.

2사 2루 상황.

2루 주자인 브라이언 스탠튼은 발이 빠른 편이었다.

2사 후인만큼 짧은 안타만 내주더라도 득점을 허용할 수밖에 없다고 판단했기 때문일까.

루상에 주자가 있었지만 클라이튼 커쇼는 와인드업 투구를 했다.

슈악!

'커브!'

태식의 예상대로였다.

클라이튼 커쇼가 던진 초구는 커브였다.

태식도 망설이지 않고 배트를 휘둘렀다.

부우웅.

그렇지만 태식이 휘두른 배트는 허공을 갈랐다.

'낙차 폭이 더 크다!'

이번 타석이 오늘 경기 세 번째 타석.

이미 클라이튼 커쇼가 던지는 커브를 여러 차례 경험했다. 그렇지만 여전히 커브 공략은 까다로웠다.

똑같은 투구 폼으로 던지는데도 불구하고, 커브의 낙차 폭이 다르기 때문이었다.

'어떻게 공략하지?'

태식의 고민이 깊어졌을 때였다.

슈악!

클라이튼 커쇼가 2구를 던졌다.

부우웅!

역시 커브라는 확신을 가진 채 태식이 배트를 휘둘렀지만, 이번에도 헛스윙이 되고 말았다.

학습 효과 때문일까.

태식은 초구의 큰 낙차 폭을 의식하고 스윙을 가져갔다. 그러나 2구째로 들어온 커브의 낙차 폭은 크지 않았다.

이것이 또 한 번 헛스윙을 한 이유였다.

'공략이… 불가능하다!'

태식의 머릿속이 복잡하게 헝클어졌다.

아무리 고민해 봐도 해법을 찾을 수 없었다. 그리고 클라이튼 커쇼는 영리했다.

태식에게 고민할 시간을 주지 않기 위해서 투구 간격을 좁혔다.

슈아악!

클라이튼 커쇼의 손에서 공이 떠난 순간, 태식이 움찔했다.

'커브가… 아니다?'

당연히 커브가 들어올 거라 예상했던 태식은 제대로 허를 찔렸다.

배트를 내밀 엄두도 내지 못하고 그대로 지켜보았다.

바깥쪽 직구.

그렇지만 주심은 조금 낮았다고 판단해서 스트라이크를 선언하지 않았다.

후우.

루킹 삼진을 당할 뻔했던 위기를 간신히 넘긴 태식이 안도의 한숨을 내쉬었다.

'확실히 직구의 제구는 뜻대로 되지 않아!'

평상시의 클라이튼 커쇼였다면 바깥쪽 낮은 스트라이크존을 통과하는 직구를 꽂아 넣었을 터였다.

그렇지만 그의 제구가 뜻대로 되지 않은 덕분에 태식은 한 번 더 타격 기회를 얻은 셈이었다.

마음먹은 대로 제구가 되지 않기 때문일까.

클라이튼 커쇼가 고개를 갸웃하는 모습이 보였다.

그러나 그는 흔들리지 않았다.

슈악!

제구가 되지 않는 직구가 아닌 커브를 구사하며 위기를 넘기려 했다.

틱!

태식이 휘두른 배트 끝부분에 간신히 공이 걸렸다.

라인선상을 크게 벗어나는 파울이 된 순간, 태식이 타석에서 물러났다.

툭. 툭.

태식이 배트를 그라운드에 두드렸다.

둔탁한 소리가 흘러나오는 것을 확인한 태식이 금이 간 배트를 교체하기 위해서 더그아웃으로 걸어갔다.

"투구 폼이… 달라!"

더그아웃 근처에 거의 다다랐던 태식이 우뚝 멈춰 섰다.

그 이유는 예전에 클라이튼 커쇼와 나누었던 대화가 퍼뜩 떠올랐기 때문이다.

'언제였더라?'

태식이 기억을 떠올리는 데는 오랜 시간이 걸리지 않았다.

그 이유는 클라이튼 커쇼와 긴 대화를 나눈 것이 딱 한 차례뿐이었기 때문이다.

'올스타전!'

그날 태식은 더그아웃에서 클라이튼 커쇼와 대화를 나누었다.

클라이튼 커쇼는 태식의 너클볼 그립에 대해서 관심을 드러냈고, 태식은 커쇼의 커브가 위력적인 이유에 대해서 물었다.

"보다시피 그립은 특별한 게 없어. 다른 점은 공을 놓는 포인트야. 커브를 구사할 때 의식적으로 차별화를 두려고 해. 릴리스 포인트를 다르게 가져가려고 한다는 뜻이야."

당시 클라이튼 커쇼가 꺼냈던 대답이었다.

그날 들었던 대답이 퍼뜩 머릿속에 떠오른 순간, 태식이 혀를 내밀어 바싹 마른 입술을 축였다.

"여기에… 해법이 숨어 있었어!"

태식이 두 눈을 빛내며 더그아웃으로 들어섰다.

새 배트를 고르는 척하면서 태식이 생각에 잠겼다.

"제 것 쓰세……."

태식이 선뜻 배트를 집어 들지 못하자, 미구엘 마못이 자신의 배트를 들고 다가왔다. 그러나 그는 티나 코르도바에게 막혔다.

태식에게 생각할 시간이 필요하다는 것을 티나 코르도바가 눈치챘기 때문이다.

덕분에 생각할 시간을 조금 더 번 태식이 고민에 잠겼다.

'똑같은 투구 폼이 아니었어!'

얼핏 살폈을 때, 클라이튼 커쇼가 커브를 던질 때 투구 폼이 일정하다고 판단했다.

그 정도로 극히 미묘한 차이밖에 없었다.

그렇지만 분명히 차이가 있었다.

바로 릴리스 포인트였다.

'떠올려라. 떠올려라!'

태식이 클라이튼 커쇼의 커브를 상대하던 기억을 필사적으로 더듬었다.

잠시 뒤, 태식이 마침내 미세한 차이를 알아내는 데 성공했다.

'릴리스 포인트가 홈 플레이트와 멀 때는 커브의 낙차 폭이 컸어. 그리고 릴리스 포인트가 홈 플레이트와 가까울 때는 커브의

낙차 폭이 작았어.'

이것이 세계 최고라고 손꼽히는 커쇼의 커브에 숨어 있는 비밀이었다.

'왜… 내게 알려줬을까?'

그 비밀을 알아챈 순간, 태식이 떠올린 의문이었다.

태식과 클라이튼 커쇼는 같은 팀 선수가 아니었다.

다른 팀 선수인 만큼 그라운드에서 적으로 만났다.

그럼에도 불구하고 클라이튼 커쇼는 태식에게 자신의 커브에 숨어 있는 비밀을 감추려 들지 않고 알려주었다.

그 이유에 대해 고심하던 태식이 이내 답을 알아냈다.

'자신감!'

내 커브에 숨어 있는 비밀을 알려준다고 하더라도 절대 공략하지 못한다.

클라이튼 커쇼는 이런 확신을 갖고 있기 때문에 당시에 태식에게 아무 거리낌 없이 알려주었던 것이다.

그리고.

클라이튼 커쇼는 자신감을 가질 자격이 충분했다.

그의 커브를 제대로 공략해 내는 타자는 거의 존재하지 않았으니까.

"나는… 할 수 있다!"

태식이 각오를 다지듯 혼잣말을 꺼냈다.

클라이튼 커쇼가 던지는 커브의 구속은 130㎞대 초반.

무조건 커브가 들어오는 것을 알고 있는 상황이라면, 릴리스 포인트를 눈으로 확인하고 타격하는 것이 가능하다는 자신감이 태식에게는 있었다.

'눈 훈련!'

메이저리그에서 뛰기 시작한 후에도 태식은 눈 훈련을 멈추지 않았다. 그리고 지금 꾸준히 해왔던 눈 훈련이 마침내 빛을 발할 때가 찾아왔다.

스윽.

태식이 신중하게 배트를 들어 올렸다.

'짧은 안타면 충분해!'

2사 후인데다가 2루 주자인 브라이언 스탠튼의 빠른 발을 감안하면 득점을 올리는 데 굳이 장타는 필요 없었다.

정확히 맞춰서 안타를 생산해 내는 것이 중요했다.

태식이 배트를 교체하느라 시간이 지체된 탓에 흐름이 깨졌기 때문일까.

못마땅한 기색을 드러내고 있던 클라이튼 커쇼가 와인드업을 했다.

그 모습을 태식이 유심히 살폈다.

'멀다!'

잠시 뒤 태식이 두 눈을 빛냈다.

클라이튼 커쇼의 릴리스 포인트는 홈 플레이트와 멀었다.

슈악!

'낙차 폭이 크다!'

이미 클라이튼 커쇼의 커브는 여러 차례 경험했다. 그래서 낙차 폭이 큰 커브의 궤적도 정확히 기억하고 있었다.

그 기억을 떠올리면서 태식을 스윙을 가져갔다.

따악!

배트 중심에 걸린 타구가 유격수 쪽으로 향했다.

유격수가 반사적으로 점프하면서 글러브를 높이 들어 올렸지만, 태식이 때린 타구는 글러브를 살짝 넘기고 떨어졌다.

타다닷.

빠르게 스타트를 끊은 2루 주자 브라이언 스탠튼이 3루 베이스를 통과해서 홈 플레이트를 향해 전력 질주 했다.

슬라이딩도 필요 없었다.

브라이언 스탠튼이 여유 있게 서서 들어오며 홈 플레이트를 밟았다.

1 : 0.

길었던 0의 행진이 마침내 깨졌다.

선취점을 허용한 클라이튼 커쇼가 고개를 숙였다.

1루 베이스 위에 올라선 태식이 주먹을 쥔 양손을 들어 올렸다.

다저 스타디움에 무거운 적막이 내려앉았다.

1 : 0.

샌디에이고 파드리스가 한 점차로 앞선 채, 경기는 8회 말에 접어들었다.

체력적으로 한계가 찾아온 걸까.

호투하던 김태식은 8회 말에 위기를 맞았다.

연속안타를 허용하며 무사 1, 2루의 위기에 처했다.

일단 동점을 만드는 것이 급선무라고 판단한 LA 다저스의 데이빗 로버츠 감독은 희생번트 작전을 지시했다.

슈아악!

틱. 데구르르.

희생번트가 성공하면서 1사 2, 3루로 상황이 바뀐 순간, 김태식은 7번 타자인 야스엘 푸이그를 사구로 내보냈다.

1사 만루 상황.

원래는 8번 타자인 야스만 그랜달의 타석이었다. 그렇지만 데이빗 로버츠 감독은 대타 카드를 꺼냈다.

아드리안 곤잘레스.

불과 얼마 전까지 LA 다저스의 클린업트리오에 포진했던 강타자였다.

올 시즌 부상과 노쇠화로 인해 출전 빈도가 현저히 줄었지만, 그는 한 방을 갖춘 베테랑이었다.

"저기, 캡!"

"또 왜?"

송나영이 입을 떼자, 유인수가 그라운드에서 시선을 떼지 않은 채 대답했다.

그런 유인수의 목소리에는 짜증이 묻어 있었다.

울컥 한 송나영이 따졌다.

"왜 짜증을 내고 그러세요?"

"방해되니까."

"방해요? 제가요?"

"그래. 또 뭘 물어보려는 거 아냐?"

정곡을 찔린 송나영이 입을 다물었을 때, 유인수가 여전히 그라운드에서 시선을 떼지 않은 채 덧붙였다.

"김태식이 지친 것 같으니 교체해야 되지 않느냐? 데이빗 로버츠 감독은 왜 하필 아드리안 곤잘레스를 대타로 기용했느냐? 내가 보기엔 이 대결의 결과가 어떻게 될 것 같으냐? 이런 것들을 물으려고 한 거잖아?"

속사포처럼 쏘아내는 유인수의 이야기가 끝난 순간, 송나영이 머리를 긁적였다.

그의 예측이 정확했기 때문이다.

그때, 유인수가 조언했다.

"그냥 봐."

"네?"

"이렇게 좋은 경기, 또 재밌는 경기는 흔히 볼 수 있는 것이 아니니까."

"하지만……"

"어느 팀이 이기더라도 이상하지 않은 경기야. 양 팀 모두 이길 자격이 있으니까."

송나영이 반박하지 못하고 고개를 끄덕였다.

유인수의 말처럼 오늘 경기는 명승부였다.

또, 어느 팀이 이겨서 지구 우승을 차지하더라도 이상하거나 억울한 것이 없는 치열한 승부였다.

"한 가지는 확실해."

"뭐죠?"

"김태식은 마운드에서 내려가지 않는다."

"바꾸는 게 좋지 않을까?"

마이크 프록터가 초조한 기색을 감추지 못한 채 혼잣말을 꺼냈다.

김태식도 철인은 아니었다.

마운드 위에 서 있는 김태식의 들썩이는 등과 가빠진 호흡이 그가 지쳤다는 증거였다.

그러나 팀 셔우드 감독은 움직이지 않았다.

그리고 그런 그를 탓하기도 어려웠다.

김태식을 마운드에서 내리고 대신 올릴 투수가 마땅치 않기 때문이었다.

"김태식을 믿어야 해!"

마이크 프록터가 양손을 모았을 때였다.

슈악!

딱!

아드리안 곤잘레스가 때린 타구가 유격수 정면으로 굴러갔다.

침착하게 포구한 유격수가 2루수에게 송구했고, 2루수가 필사적으로 슬라이딩을 하면서 방해하는 주자를 피해 1루로 송구했다.

"아웃!"

6—4—3으로 이어지는 병살 플레이가 완성된 순간, 마이크 프록터의 아랫배 깊숙한 곳에서 울컥한 감정이 치밀어 올랐다.

헌신이란 단어가 떠올랐기 때문이다.

김태식을 비롯한 샌디에이고 파드리스의 선수들은 지구 우승을 위해서 자신이 가지고 있는 모든 것을 쏟아붓고 있었다.

그들의 투혼이 고스란히 전해져서 마이크 프록터의 눈시울이 붉어졌다.

잠시 뒤 마이크 프록터가 혼잣말을 꺼냈다.

"나는… 아주 좋은 팀의 단장이구나!"

9. 오늘 경기의 주인공은 너다

'이제 아웃 카운트 세 개만 남았다!'

샌디에이고 파드리스의 지구 우승까지 남은 아웃 카운트는 셋.

길었던 여정이 끝을 향해 다가가고 있었다.

그때, 팀 서우드 감독이 태식의 곁으로 다가왔다.

"김태식!"

"네, 감독님."

"샌디 바에즈가 몸을 풀고 있다."

태식이 놀란 표정을 지었다.

예상치 못했던 이야기였기 때문이다.

"감독님이 지시하신 겁니까?"

"아니, 자청한 거야. 그리고……."

"……?"

"히스 벨도 몸을 풀기 시작했다."

히스 벨은 어제 경기에서 2이닝을 넘게 던졌다.

투구 수도 40개가 넘었던 만큼, 오늘 경기에 출전하기는 무리라고 생각했는데.

샌디 바에즈에 이어서 히스 벨도 자청해서 출전 준비를 하고 있었다.

"파넬슨 레이먼과 미구엘 디아즈, 토니 그레이, 앤디 콜, 심지어 카일 맥그리스까지 출전 의지를 불태웠어."

"그랬나요?"

"말리느라 아주 힘들었다."

그들의 마음이 고스란히 전해졌을 때였다.

"교체해 줄까?"

"더 던지겠습니다."

"그럴 줄 알았어."

"네?"

"나도 바랐던 바야. 설령 오늘 경기에서 패하더라도 네 손으로 경기를 마무리했으면 좋겠다고 생각했다."

"왜입니까?"

"네 덕분에 여기까지 올 수 있었으니까. 그래서 네가 오늘 경기의 주인공이 되는 게 맞다고 생각한다."

"감독님."

"설령 결과가 잘못되더라도… 널 탓하는 사람은 아무도 없다. 그러니까 부담 가지지 말고 던져."

가볍게 어깨를 두드려 준 후 팀 서우드 감독이 떠났다.

9회 말, 태식이 다시 마운드에 올랐다. 그리고 2사 주자 없는 상황에서 2번 타자 마이크 터너를 상대했다.

풀카운트 승부.

본능적으로 전광판을 살피려던 태식이 고개를 흔들었다.

투구 수를 잊었다.

구속도 잊었다.

오직 마이크 터너와의 승부에만 집중했다.

'가장 자신 있는 공으로!'

슈아악!

태식이 와인드업을 하며 던진 몸 쪽 직구가 홈 플레이트를 통과했다.

157km.

오늘 경기 최고 구속을 기록한 직구였다.

그렇지만 태식은 알지 못했다.

"스트라이크아웃!"

경기가 끝났다.

'우승이다!'

지구 우승이 확정된 순간, 태식이 두 팔을 높이 들어 올렸다.

더그아웃을 박차고 나온 모든 선수들이 오늘 경기의 주인공인 태식을 향해 달려왔다.

*　　　　　*　　　　　*

메이저리그 포스트 시즌.

정규 시즌이 끝나며 지구 우승 팀과 와일드카드 진출 팀이 결정됐다.

내셔널 리그 동부 지구 우승 팀은 워싱턴 내셔널스.

내셔널 리그 중부 지구 우승 팀은 세인트루이스 카디널스.

내셔널 리그 서부 지구 우승 팀은 샌디에이고 파드리스.

그리고 와일드카드로 진출한 두 팀은 시카고 컵스와 LA 다저스였다.

대이변!

정규 시즌 최종전에서 극적인 스윕을 달성하면서 LA 다저스를 제치고 내셔널 리그 서부 지구 우승을 차지한 샌디에이고 파드리스의 업적에 쏟아진 평가였다.

그렇지만 이변은 정규 시즌에서 끝나지 않았다.

포스트 시즌에서도 이변은 계속 이어졌다.

첫 번째 이변은 와일드카드 결정전에서 일어났다.

LA 다저스 VS 시카고 컵스.

단판제로 끝나는 와일드카드 결정전을 앞두고 전문가들과 팬들은 LA 다저스의 압도적인 우세를 점쳤다.

비록 대이변의 희생양이 되면서 내셔널 리그 서부 지구 우승을 놓쳤지만, LA 다저스의 전력이 워낙 탄탄했기 때문이다.

시카고 컵스를 제압하고 다시 월드 시리즈 우승을 노릴 것이라는 예상이 지배적이었다.

최종스코어 2 : 1.

그렇지만 두 팀의 와일드카드 결정전은 시카고 컵스의 승리로 끝이 났다.

정규 이닝에 승부를 가리지 못하고 연장 15회까지 이어졌던 긴 승부에서 LA 다저스가 패한 이유는 침체된 팀 분위기 때문이었다.

거의 다 잡았던 지구 우승을 놓친 상실감과 허무함을 LA 다저스는 극복하지 못했다.

또 하나의 이변은 샌디에이고 파드리스의 무한 질주였다.

9연승.

연승으로 정규 시즌을 마감했던 샌디에이고 파드리스의 연승 행진은 포스트 시즌에서도 멈추지 않았다.

LA 다저스를 제압하고 디비전 시리즈에 진출한 시카고 컵스와의 맞대결에서 3연승을 거두면서 내셔널 리그 챔피언쉽 진출을 확정했다.

또, 세인트루이스 카디널스와의 내셔널 리그 챔피언쉽 시리즈에서도 4연승을 거두며 월드 시리즈 진출을 확정했다.

"새로운 역사가 쓰여지기 일보직전이네요."

기사를 작성하던 손을 멈추며 송나영이 말했다.

"몰랐어."

"뭘요?"

"샌디에이고 파드리스가 이렇게 강할 줄은."

유인수에게서 돌아온 대답을 들은 송나영이 고개를 끄덕였다.

샌디에이고 파드리스는 메이저리그에서 대표적인 스몰 마켓 구단이었다.

선수단 전원의 몸값을 다 합쳐도 LA 다저스의 에이스인 클라이튼 커쇼의 몸값과 엇비슷한 수준에 불과할 정도였다.

게다가 리빌딩도 끝나지 않아서 아직 경험이 부족한 젊은 선수들이 주축이 된 탓에 시즌 개막 전만 해도 내셔널 리그 서부 지구의 유력한 꼴찌 후보였었는데.

샌디에이고 파드리스는 시즌 초반 지구 꼴찌로 시작했다가 지구 우승을 차지하는 대이변을 만들어냈다.

또, 샌디에이고 파드리스가 만들어내는 이변은 거기서 끝나지 않았다.

정규 시즌 막바지의 기세를 이어나가면서 내셔널 리그 디비전 시리즈와 챔피언십 시리즈를 가뿐히 통과해서 월드 시리즈까지 진출했다.

유인수가 감탄하는 것도 무리가 아니었다.

"야구 몰라요."

송나영이 이제는 고인이 된 유명 야구 해설가의 유행어를 따라하자, 유인수가 피식 실소를 흘렸다.

"그래. 야구는 모르지. 그래서 아직 샌디에이고 파드리스가 월드 시리즈 우승을 차지할 수 있을지는 알 수 없어."

유인수의 이야기를 들은 송나영이 짐짓 미간을 찌푸렸다.

"하지만 샌디에이고 파드리스에게 유리한 것은 부인할 수 없는 사실이잖아요?"

송나영이 반박했다.

그런 송나영의 반박에는 나름의 근거들이 있었다.

우선 팀 분위기.

무려 16연승 행진을 내달리고 있는 샌디에이고 파드리스의 팀 분위기는 말 그대로 더할 나위 없이 좋았다. 그리고 샌디에이고 파드리스의 상승세는 꺾일 기미를 보이지 않고 있었다.

다음으로 대진 운도 좋았다.

뉴욕 양키스와 보스턴 레드삭스.

아메리칸 리그 챔피언쉽 시리즈에서 맞붙은 것은 전통의 라이벌인 두 팀이었다.

객관적인 전력에서는 뉴욕 양키스가 조금 앞선다는 평가가 일반적이었지만, 아메리칸 리그 챔피언쉽 시리즈의 승자는 보스턴 레드삭스였다.

시리즈 스코어 4 : 3.

7차전까지 가는 치열한 접전을 펼친 끝에 보스턴 레드삭스가 월드 시리즈에 진출했다. 그리고 객관적인 전력에서 뉴욕 양키스에 조금 뒤쳐진다고 평가를 받았던 보스턴 레드삭스가 월드 시리즈 상대가 된 것은 샌디에이고 파드리스에게 호재였다.

세 번째는 체력적인 부분이었다.

아메리칸 리그 디비전 시리즈의 시리즈 전적은 3 : 2.

아메리칸 리그 챔피언쉽 시리즈의 시리즈 전적은 4 : 3.

파이널 경기까지 치르며 월드 시리즈에 진출하는 과정에서 보스턴 레드삭스의 체력 소모는 극심했다.

반면 샌디에이고 파드리스는 디비전 시리즈에서 3 : 0으로, 챔피언쉽 시리즈에서도 4 : 0으로 상대를 손쉽게 제압했다.

그만큼 체력을 세이브한 상태였다.

마지막 근거는 홈 이점이었다.

샌디에이고 파드리스는 월드 시리즈 1, 2차전과 6, 7차전 경기를 홈인 펫코 파크에서 치르게 되었다.

올스타전에서 내셔널 리그 올스타 팀이 아메리칸 리그 올스타 팀을 상대로 승리를 거두었기 때문이다.

"그래. 네 말대로 샌디에이고 파드리스가 유리한 것을 부인할 순 없지. 그렇지만 가려져 있을 뿐이지 불안 요소도 분명히 존재해."

"그 불안 요소가 뭐죠?"

유인수가 대답했다.

"너무 일찍 샴페인을 터뜨린 거야."

*　　　*　　　*

"모두가 불가능하다고 말했지만… 이제 정말 목적지 근처까지 왔습니다."

팀 셔우드 감독의 목소리에는 자신감이 넘쳤다.

샌디에이고 파드리스가 모두의 예상을 깨고 내셔널 리그 챔피언 자격으로 월드 시리즈에 진출했기 때문이다.

"그리고… 왠지 질 것 같지 않습니다."

팀 셔우드 감독이 흐릿한 웃음을 머금은 채로 덧붙인 말을 들은 마이크 프록터 역시 희미한 미소를 머금었다.

16연승.

정규 시즌 막바지부터 포스트 시즌까지 이어져 온 샌디에이고 파드리스의 연승 기록이었다.

운이 따랐던, 실력이던, 16연승은 대단한 기록이었다.

솔직히 말하면 마이크 프록터의 생각도 엇비슷했다.

어느 팀과 맞붙더라도 질 것 같지 않았다.

20연승을 거두면서 월드 시리즈 우승을 차지할 수 있을 것 같은 느낌이랄까.

단지 느낌이 다가 아니었다.

여러모로 샌디에이고 파드리스에게 유리한 상황이었기 때문이다.

"이변은… 없겠죠?"

마이크 프록터가 질문을 던진 후, 재차 웃었다.

월드 시리즈를 앞두고 이변이란 표현을 쓰게 되는 날이 찾아올 줄은 예상치 못했기 때문이다.

'진짜… 많이 변했군!'

올 시즌 초반에 연패에 빠지면서 지구 꼴찌로 추락했을 때만 하더라도, 탈꼴찌가 목표였었는데.

샌디에이고 파드리스는 대역전극을 펼치며 지구 우승을 차지했다.

그리고 거기서 끝이 아니었다.

디비전 시리즈와 챔피언쉽 시리즈에서 스윕을 거두면서 월드 시리즈에 진출했고, 이제는 이변이란 단어를 쓸 정도로 월드 시리즈 우승을 당연시하고 있었다.

그로 인해 마이크 프록터가 새삼스러운 감정을 느꼈을 때였다.

"샌디에이고 파드리스가 우승을 차지할 겁니다."

팀 서우드 감독이 힘주어 대답했다.

확신에 찬 대답이 돌아온 순간, 마이크 프록터가 두 눈을 가늘게 좁혔다.

"그럼 다음을 생각할 때가 된 것 같습니다."

"다음이라면?"

"월드 시리즈 우승 이후의 샌디에이고 파드리스 말입니다."

"……"

"반짝 우승으로 그치지 않기 위해서는 꼭 잡아야 할 사람들이 있습니다."

마이크 프록터가 뉴욕 메츠를 비롯한 여러 빅 마켓 구단들의 단장직 제안을 거절하고 샌디에이고 파드리스에 남았던 이유는 머릿속으로 그리고 있었던 청사진이 존재했기 때문이다.

샌디에이고 파드리스를 매년 월드 시리즈 우승 후보로 꼽힐 정도로 강팀으로 만들고 싶었다.

그 청사진을 완성하기 위해서는 꼭 잡아야 할 사람들이 있었다.

"당연히 김태식 선수와의 재계약이 1순위가 되겠죠."

팀 서우드 감독이 말한 순간, 마이크 프록터가 고개를 흔들었다.

"물론 김태식 선수를 잡아야 하지만 1순위는 아닙니다."

예상치 못했던 대답이기 때문일까.

팀 서우드 감독이 놀란 기색을 드러냈다.

"그럼 단장님이 생각하는 1순위는 누구입니까?"

"감독님입니다."

"……?"

"감독님과의 재계약이 1순위입니다."

팀 셔우드는 좋은 감독이었다.

올 시즌이 시작하기 전 B급 감독이었다면, 지금은 A급 감독이 됐다.

시즌을 치르는 과정에서 팀 셔우드 감독이 성장했기 때문이다. 그리고 좋은 감독을 구하는 것은 쉬운 일이 아니었다.

그래서 김태식 선수와의 재계약 못지않게 팀 셔우드 감독과의 재계약도 중요했다.

"저는… 저는……."

"최고 수준의 대우를 약속드리겠습니다."

"단장님."

"샌디에이고 파드리스에 남아서 제 대화 상대가 되어주시죠."

"저도 바라던 바입니다. 단, 조건이 하나 있습니다."

"어떤 조건입니까?"

"김태식 선수와 재계약을 해주십시오."

마이크 프록터가 고개를 끄덕였다.

굳이 팀 셔우드 감독이 조건으로 내걸지 않았더라도 김태식 선수는 꼭 잡을 생각이었다.

"당연히 잡을 겁니다. 또, 김태식 선수만이 아니라 샌디 바에즈도 잡을 겁니다. 그리고 좋은 선수를 다른 팀에 빼앗기지 않겠다고 약속드리겠습니다. 제가 바라는 샌디에이고 파드리스는 매 시즌 우승에 도전하는 팀이니까요."

"지구 우승이겠죠?"

"아니요."

마이크 프록터가 덧붙였다.

"당연히 월드 시리즈 우승입니다."

10. 대망의 월드 시리즈

송나영의 이번 칼럼은 태식의 예상대로 곧 열릴 월드 시리즈가 주제였다.

샌디에이고 파드리스와 보스턴 레드삭스.

두 팀이 곧 펼치게 될 마지막 승부를 앞두고 송나영은 이번에도 어김없이 열심히 인터뷰를 시도했다.

"당연히 월드 시리즈 우승을 차지하고 싶습니다. 그리고 기왕이면 정규 시즌 막바지부터 이어온 연승 행진을 끝까지 이어나가서 포스트 시즌 전승으로 월드 시리즈 우승까지 차지하고 싶다는 욕심을 갖고 있습니다. 아주 허황된 목표는 아니라고 생각합니다. 우리 팀의 분위기는 현재 최상이니까요."

팀 셔우드 감독이 인터뷰에서 던진 출사표였다. 그리고 보스턴 레드삭스의 알렉시스 코라 감독도 출사표를 던졌다.

"샌디에이고 파드리스에 비해 여러 면에서 불리함을 안고 있다는 것을 저와 선수들 모두 알고 있습니다. 그렇지만 미리 포기할 생각은 없습니다. 우리는 아주 힘들게 월드 시리즈라는 최고의 무대에 설 수 있는 자격을 얻었기 때문에 더욱 이번 기회를 놓치고 싶지 않습니다. 간절함이 크기 때문에 마지막의 마지막 순간까지 최선을 다할 겁니다. 축구공이 둥글듯 야구공도 둥급니다. 야구는 끝날 때까지 아무도 모릅니다."

팀 셔우드와 알렉시스 코라.
두 감독이 던진 출사표를 모두 읽은 후, 태식이 두 눈을 빛냈다.
"자신감이 느껴져!"
팀 셔우드 감독의 출사표에서는 자신감이 묻어났다.
과한 자신감이 아니었다.
16연승을 달리고 있는 샌디에이고 파드리스의 팀 분위기, 또 여러 측면에서 유리한 포지션을 점하고 있는 상황이었기 때문에 이런 자신감을 드러낸 것이었다.
"절박함이 느껴져!"
반면 보스턴 레드삭스의 감독인 알렉시스 코라가 던진 출사표에서는 절박함과 투지가 묻어났다.

그리고 하나 더.

한껏 자세를 낮추기는 했지만, 월드 시리즈 우승에 대한 자신감도 느껴졌다.

"불안해!"

태식이 작게 혼잣말을 꺼냈다.

물론 특별히 불안함을 느낄 이유는 없었다.

그렇지만 두 감독의 출사표를 확인한 후, 이상하게 불안감이 깃들었다.

"불안한 이유가 뭘까?"

태식이 고민에 잠겼다.

그렇지만 끝내 그 원인을 찾아내는 데는 실패했다.

"괜한 걱정이겠지!"

애써 불안감을 밀어내기 위해 애쓰면서 태식이 잠을 청했다.

대망의 월드 시리즈 1차전.

김태식 VS 크리스 세일.

펫코 파크에서 열리는 1차전 양 팀의 선발투수였다.

"드디어… 여기에 섰다!"

월드 시리즈라는 최고의 무대에 선발투수로 마운드에 서는 것.

기적이 벌어진 후, 태식이 세웠던 목표들 가운데 하나였다.

즉, 또 하나의 목표를 달성한 셈이었다.

후우!

크게 심호흡을 한 태식이 와인드업을 마치고 초구를 던졌다.

슈아악!

태식이 선택한 초구는 바깥쪽 직구였다.

보스턴 레드삭스의 리드오프로 출전한 앤드류 베니테즈는 그냥 지켜보며 흘려보내지 않았다.

따악!

앤드류 베니테즈는 바깥쪽 직구를 가볍게 밀어 때렸다.

배트 중심에 걸린 타구는 3루 선상을 타고 빠르게 굴러갔다.

3루수인 하비에르 게레로가 슬라이딩 캐치를 시도했지만, 타구를 잡아내는 데 실패했다.

픽!

그 이유는 타구가 3루 베이스를 맞고 바운드를 일으키면서 방향이 갑자기 바뀌었기 때문이다.

타다닷!

3루 베이스에 맞고 방향이 바뀌면서 외야로 빠져나간 타구의 위치는 애매했다.

유격수인 호세 론돈이 열심히 쫓아가서 타구를 잡아내자마자 2루로 송구했다.

그렇지만 앤드류 베니테즈는 발이 빨랐다.

빠르게 타구 판단을 마치고 과감하게 2루까지 내달린 앤드류 베니테즈는 여유 있게 2루에 안착했다.

보스턴 레드삭스 입장에서는 행운이 곁들여진 2루타.

반면 샌디에이고 파드리스 입장에서는 불운이었다.

'조짐이 안 좋아!'

태식이 슬쩍 미간을 찌푸렸다.

첫 타자를 상대할 때부터 불운이 찾아온 것이 마치 불길한 징조를 예고하는 것처럼 느껴졌기 때문이다.

'신경 쓰지 말자!'

그러나 태식은 고개를 흔들며 불안감을 털어내기 위해 애썼다. 그리고 타석에 들어서 있는 무크 베츠를 바라보았다.

'타순이 변했어!'

원래 보스턴 레드삭스의 테이블 세터진은 앤드류 베니테즈와 잭 브래들리 주니어로 구성됐다.

정규 시즌은 물론이고 포스트 시즌에서도 이런 테이블 세터진을 조합했었는데.

알렉시스 코라 감독은 월드 시리즈에서 변화를 꾀했다.

주로 하위 타순에 포진됐던 무크 베츠를 잭 브래들리 주니어를 대신해서 2번 타순에 포진시켰다.

'작전 수행 능력이 뛰어나기 때문인가?'

그 이유에 대해 고민하던 태식이 세트포지션 투구를 했다.

그 순간, 2루 주자인 앤드류 베니테즈가 스타트를 끊었다.

슈악!

따악!

무크 베츠의 배트가 매섭게 돌아갔다.

마치 슬라이더를 노렸던 것처럼 정확한 타이밍에 배트에 걸린 타구는 태식의 곁을 스치고 지나갔다.

태식이 글러브를 내밀어서 막아보려 했지만, 역부족이었다.

중전 안타.

짧은 안타인 데다가 타구의 속도도 빨랐다.

그렇지만 알렉시스 코라 감독이 펼친 히트 앤 런 작전이 적중했기에, 2루 주자였던 앤드류 베니테즈는 여유 있게 홈으로 파고들었다.

0 : 1.

태식이 연속 안타를 내주면서 샌디에이고 파드리스는 선취점을 허용했다.

'괜찮아!'

비록 너무 쉽게 선취점을 내주긴 했지만, 태식은 흥분을 가라앉히기 위해 애썼다.

실투가 나왔거나, 구위 혹은 제구에 문제가 있는 것이 아니었다.

보스턴 레드삭스의 타자들이 워낙 잘 친 데다가 불운까지 겹쳤기에 아쉽게 실점을 허용했던 것이기 때문이다.

'이제부터 잘하면 돼.'

태식이 마음을 다잡으면서 1루 주자인 무크 베츠를 살폈다.

베이스와의 거리를 서서히 벌리고 있는 무크 베츠의 움직임.

반 보라도 더 거리를 벌이기 위해서 애쓰는 움직임이 예사롭지 않았다.

'희생번트?'

충분히 가능성이 있었다. 그리고 태식은 순순히 번트를 대도록 허락해 줄 생각이 없었다.

슈악!

해서 오늘 경기 3번 타순에 포진한 잭 브래들리 주니어를 상대로 초구를 커브로 던진 순간이었다.

타다닷.

1루 주자인 무크 베츠가 스타트를 끊었다.

'도루?'

맹렬한 발소리를 듣고서 태식이 떠올린 생각이었다.

포수인 이안 드레이크가 포구하자마자, 2루로 빠르게 송구했다. 그렇지만 송구가 너무 높았다.

"세이프!"

2루수의 태그가 늦으면서 무크 베츠가 세이프 판정을 받은 순간, 태식이 슬쩍 눈살을 찌푸렸다.

'빨라!'

보스턴 레드삭스의 알렉시스 코라 감독이 월드 시리즈 1차전에 무크 베츠를 2번 타순에 기용했던 것.

포스트 시즌에서 타격감이 좋았던 편인 데다가, 작전 수행 능력이 뛰어나기 때문이라고 판단했다.

그렇지만 그 이유가 다가 아니었다.

무크 베츠의 발은 무척 빨랐다.

만약 이안 드레이크의 송구가 높지 않고 정확했다고 하더라도, 도루를 시도했던 무크 베츠를 2루에서 잡아내기는 어려웠으리라.

'기동력 야구!'

거기까지 생각이 미친 순간, 태식은 보스턴 레드삭스의 알렉시스 코라 감독이 준비해 온 승부수를 알 수 있었다.

바로 기동력 야구였다.

"이제부터 정신 차리면 돼!"

태식이 각오를 다지면서 3번 타자 잭 브래들리 주니어와의 승부에 집중하기 위해 애썼다.

이미 선취점을 뽑아낸 상황.

또, 무크 베츠가 도루에 성공하며 무사 2루로 바뀐 상황.

타석에 들어서 있는 잭 브래들리 주니어가 희생번트를 시도할 확률은 낮았다.

'침착하게!'

태식이 조급해지려는 마음을 다스리기 위해 애쓰면서 투구했다.

슈아악!

몸 쪽 직구를 던진 후, 태식이 움찔했다.

잭 브래들리 주니어가 번트 자세로 전환하는 것을 확인했기 때문이다.

'희생번트?'

태식의 머릿속에 퍼뜩 깃들었던 생각이었다.

그러나 곧 판단 미스라는 사실을 깨달았다.

틱! 데구르르.

타다닷.

타다다닷.

번트를 대자마자, 2루 주자인 무크 베츠는 물론이고 잭 브래들리 주니어도 1루로 전력 질주를 펼쳤기 때문이다.

'기습 번트!'

희생번트가 아니라 기습 번트였다.

'내가 잡기에는… 멀다!'

태식이 판단을 내렸다.

잭 브래들리 주니어의 번트 타구는 3루 선상을 타고 굴러갔다.

기습 번트를 시도할 것을 예상치 못했기 때문일까.

3루수인 하비에르 게레로의 대시는 늦었다.

그 사실을 알고 있기 때문일까.

하비에르 게레로는 맨손 캐치를 시도했다. 그리고 맨손 캐치에 성공한 하비에르 게레로는 러닝 스로우로 1루 송구를 시도하려 했다.

'늦었어!'

하비에르 게레로가 번트 타구를 수비하는 일련의 과정을 지켜보고 있던 태식의 표정이 다급해졌다.

타자 주자인 잭 브래들리 주니어는 발이 빨랐다.

하비에르 게레로가 맨손 캐치에 성공했을 때, 타자 주자인 잭 브래들리 주니어는 이미 1루 베이스 근처에 다다라 있었다.

하비에르 게레로가 1루로 송구를 한다고 하더라도 타자 주자인 잭 브래들리 주니어를 잡아내기에는 너무 늦어 있었다.

"던지지 마!"

그래서 태식이 서둘러 소리쳤다.

그렇지만 너무 늦었다.

이미 공은 하비에르 게레로의 손을 떠나 있었다.

'못 봤어!'

태식은 타자 주자인 잭 브래들리 주니어의 위치를 확인한 수 있었기에 송구를 한다고 하더라도 1루에서 타자 주자를 잡기에는 이미 늦었다는 사실을 알 수 있었다.

그렇지만 하비에르 게레로는 맨손 캐치에 성공했을 때, 타자 주자인 잭 브래들리 주니어의 위치를 확인할 수 없었다.

해서 1루로 서둘러 송구를 한 것이었다.

'빠졌다!'

태식이 표정을 굳혔다.

송구 과정에서 중심이 무너졌기 때문일까.

하비에르 게레로의 송구는 너무 좌측으로 기울었다.

1루수인 코리 스프링어가 베이스에서 발을 떼고 송구를 잡아 내기 위해 필사적으로 애썼지만, 역부족이었다.

하비에르 게레로의 송구는 코리 스프링어가 쭉 뻗은 글러브 를 살짝 넘겼다.

타다닷.

타다다닷.

송구가 뒤로 빠졌다는 것을 간파한 3루 주자 무크 베츠가 여 유 있게 홈으로 들어왔다. 그리고 잭 브래들리 주니어의 주루 플 레이는 기민하고 과감했다.

우익수인 브라이언 스탠튼의 어깨가 약하다는 사실을 파악하 고 2루에서 멈추지 않고 3루로 내달렸다.

쐐애액!

브라이언 스탠튼의 송구가 투 바운드를 일으키면서 3루에 도 착했다.

송구의 방향은 정확했지만, 조금 약했다.

송구가 도착했을 때, 헤드 퍼스트 슬라이딩을 감행한 잭 브래들리 주니어의 손은 이미 3루 베이스에 닿은 후였다.

기습 번트를 성공시킨 데다가 송구 실책을 틈타서 3루에 도착하는 데 성공한 타자 주자 잭 브래들리 주니어가 괴성을 내지르면서 포효했다.

'최악의 상황!'

그 모습을 지켜보던 태식이 떠올린 생각이었다.

가장 우려하던 상황이 만들어진 셈이었다.

0 : 2.

1회 초, 아웃 카운트를 하나도 잡지 못한 채 2실점을 허용했을 뿐만 아니라, 주자는 3루에 있었다.

'허를 찔렸군!'

태식의 표정이 딱딱하게 굳어졌다.

상대의 과감한 작전과 주루 플레이에 당황해서일까.

반쯤 넋이 나간 표정을 짓고 있는 수비진을 구성하는 선수들이 보였다. 그리고 당황한 것은 팀 셔우드 감독 역시 마찬가지였다.

'우리 팀이 펼치던 플레이를… 오히려 보스턴 레드삭스가 펼치고 있어!'

당황한 기색이 역력한 팀 셔우드 감독을 살피던 태식의 머릿속에 퍼뜩 스치고 지나간 생각이었다.

11. 안주와 변화

0 : 4.

넉 점차로 뒤진 채로 경기는 5회 초에 접어들었다.

4와 2/3이닝 4실점.

월드 시리즈 1차전 선발투수로 출전한 김태식의 기록이었다.

올 시즌 내셔널 리그 사이영상의 유력 후보인 김태식이었기에 분명히 기대에 미치지 못한 성적이었다.

"나쁘지 않아!"

그렇지만 팀 셔우드가 내린 판단은 달랐다.

비록 실점을 많이 허용했지만, 수비진의 실책이 쏟아진 데다가 불운이 겹쳤던 것이 실점의 원인이었다.

김태식의 구위는 평소와 크게 다르지 않았다.

슈악!

그때, 김태식이 6번 타자 헨리 라미네즈를 상대로 초구를 던졌다.

타다닷.

김태식의 손에서 공이 떠난 순간, 1루 주자였던 잭 브래들리 주니어가 스타트를 끊었다.

이안 드레이크가 재빨리 송구를 했지만, 잭 브래들리 주니어는 간발의 차로 세이프 판정을 받으면서 도루에 성공했다.

'또 뛰었다?'

팀 셔우드가 미간을 찌푸린 채 맞은편 더그아웃에 서 있는 알렉시스 코라 감독을 노려보았다.

"준비를 잘해왔군."

잠시 뒤, 팀 셔우드가 한숨을 내쉬었다.

기동력 야구.

보스턴 레드삭스의 알렉시스 코라 감독이 준비해 온 승부수였다. 그리고 그는 이 승부수가 통하도록 만들기 위해서 철저한 준비를 해왔다.

김태식의 볼 배합을 정확히 분석해서 유인구를 던지는 타이밍에 도루를 시도해서 성공시키는 것이 그의 준비가 철저했다는 증거였다.

그게 다가 아니었다.

알렉시스 코라 감독은 과감한 작전들도 여러 차례 펼쳤다.

정규 시즌에서 작전 지시를 최대한 자제하고 선수들에게 맡기는 것이 알렉시스 코라 감독의 스타일이었는데.

과연 같은 감독이 맡는가 하는 의문이 들 정도로 알렉시스 코라 감독은 월드 시리즈에서 달라진 모습을 보였다.

"내 탓이야!"

팀 서우드가 자책했다.

정규 시즌 후반기부터 16연승을 내달리면서 월드 시리즈에 진출한 샌디에이고 파드리스의 팀 분위기는 더할 나위 없었다.

또 어떤 팀과 맞붙더라도 절대 질 것 같지 않은 느낌이 들었다.

"하던 대로 하자!"

그래서 안주하면서 변화 대신 안정을 택했다. 그러나 보스턴 레드삭스의 알렉시스 코라 감독은 달랐다.

"원래 하던 대로 해서는 이길 수 없다!"

이렇게 판단했기에 기존의 자기 스타일을 버리고 철저하게 준비를 해왔다.

안주와 변화.

이 차이가 지금의 결과를 만들어낸 것이었다.

그때였다.

딱!

타격음이 흘러나오는 것을 듣고 팀 서우드가 상념에서 깨어났다.

1사 2루 상황에서 헨리 라미네즈가 때린 타구는 빗맞았다.

그렇지만 타구의 방향이 좋았다.

3루수인 하비에르 게레로가 글러브를 뻗었지만 잡아내기에는 역부족이었다.

백업을 들어간 호세 론돈도 글러브를 쭉 뻗었지만, 미치지 못했다.

빗맞은 내야 땅볼이 좌전 안타로 이어진 사이, 2루 주자였던 잭 브래들리 주니어가 홈으로 파고들었다.

0 : 5.

또 한 번 실점을 허용하면서 다섯 점차로 격차가 벌어진 순간, 팀 셔우드가 한숨을 내쉬었다.

'둔해!'

비록 코스가 좋았다고 하더라도 정타가 아니었다.

평소의 샌디에이고 파드리스 내야 수비진이었다면, 충분히 처리할 수 있는 타구였다.

그렇지만 3루수 하비에르 게레로와 유격수 호세 론돈의 수비 동작은 16연승을 달리던 때와는 달랐다.

당시에 비해 훨씬 몸놀림이 무겁게 느껴졌다.

"긴장했어!"

정규 시즌과 포스트 시즌, 그리고 월드 시리즈.

경기의 무게감이 달랐다.

특히 월드 시리즈라는 무대가 주는 부담감은 컸다.

젊은 선수들이 부담감을 느낄 거라는 사실을 미리 간파한 알렉시스 코라 감독은 기동력을 바탕으로 샌디에이고 파드리스 수비진을 뒤흔들어 놓았다.

그로 인해 실책이 쏟아지자 선수들은 더욱 큰 부담감을 느끼면서 플레이가 자꾸 움츠러드는 것이었다.

"1차전은 졌다!"

'너무 이른가?'

아직 경기를 포기하기에는 너무 이르지 않을까 하는 생각이 들어서 잠시 고민했지만, 팀 셔우드는 미련을 버렸다.

"타임!"

팀 셔우드가 마운드로 걸어 올라갔다.

"고생했다!"

김태식에게서 공을 건네받은 팀 셔우드가 한숨을 내쉬었다.

1 : 8.

샌디에이고 파드리스가 큰 점수 차로 뒤진 채로 경기는 9회 말로 접어들었다.

9회 말, 마운드에 오른 것은 보스턴 레드삭스가 구축한 더블 스토퍼 가운데 한 명인 데이빗 프라이스였다.

"완패!"

데이빗 프라이스와 크랙 킴브렐.

더블 스토퍼를 구축한 데다가 중간 계투진마저 두터운 보스턴 레드삭스였다.

샌디에이고 파드리스가 9회 말 마지막 공격에서 큰 점수 차를 뒤집고 역전승을 거두는 것은 불가능에 가까웠다.

"내 탓이 크다!"

그라운드로 시선을 던지고 있었지만, 태식은 머릿속으로 패색이 짙은 오늘 경기를 복기하기 바빴다.

그런 태식이 스스로를 탓했다.

월드 시리즈 1차전 샌디에이고 파드리스의 선발투수로 출전한 태식은 마운드에서 5이닝을 버티지 못했다.

반면 보스턴 레드삭스의 선발투수로 출전한 크리스 세일은 8회까지 1실점만 허용하면서 퀄리티 스타트 이상을 해냈다.

물론 태식의 부진에는 수비진의 실책과 불운이 겹쳤던 것이 원인이었다. 그러나 그것은 변명이 되지 못했다.

에이스.

한 팀의 에이스는 어떤 상황에서도 흔들리지 않고 승리할 수 있는 발판을 마련해야 했는데, 태식은 월드 시리즈 1차전에서 에이스의 역할을 해내지 못했다.

"방심했어. 또 나태했어!

디비전 시리즈와 챔피언쉽 시리즈를 거치는 과정에서 태식은 팀의 에이스 역할을 충분히 해냈었다.

그렇게 좋은 흐름이 이어지다 보니, 이번 월드 시리즈에서도 평소 하던 대로 하면 된다고 막연히 생각했다.

그래서 상대를 분석하는 것을 게을리했다.

보스턴 레드삭스의 알렉시스 코라 감독은 월드 시리즈 1차전에서 타순에 큰 변화를 주었었다.

그렇게 타순 변화를 준 이유에 대해서 더 고민했어야 했다.

그랬다면 알렉시스 감독이 준비한 승부수를 알아채고 어떤 식으로든 대책을 세울 수 있었을 텐데.

"똑같은 실수를 범하지 않는다!"

태식이 피가 날 정도로 이를 악문 채로 단단히 각오를 다졌다.

최종스코어 1 : 8.

월드 시리즈 1차전은 보스턴 레드삭스의 승리로 끝이 났다.

치열한 접전이 펼쳐질 것이란 예상과 달리 싱겁게 경기가 끝나 버린 셈이었다.

"캡 말씀이 또 맞았네요."

"응?"

"야구는… 진짜 모르겠네요."

─샌디에이고 파드리스가 모든 부분에서 보스턴 레드삭스에 비해서 유리한 상황이다.

이렇게 판단했기에 송나영은 월드 시리즈 1차전에서 당연히 샌디에이고 파드리스가 승리를 거둘 것이라고 예상했다.

그런 예상을 했던 것은 송나영만이 아니었다.

8 : 2.

메이저리그 전문가들도 압도적인 비율로 샌디에이고 파드리스가 월드 시리즈 1차전에서 승리를 거둘 거라 전망했었다.

그렇지만 월드 시리즈 1차전 결과는 전문가들의 전망과 달랐다.

그래서 보스턴 레드삭스의 우세를 미리 점쳤던 유인수가 더욱 대단하게 느껴졌다.

"내가 그랬잖아. 샌디에이고 파드리스가 거두었던 연승의 이면에는 불안 요소들이 가려져 있다고."

"불안 요소… 들이요?"

송나영이 의아한 시선을 던졌다.

일전에 나누었던 대화에서 유인수는 샌디에이고 파드리스가 불안 요소를 안고 있다고 말했었다.

그렇지만 당시에 유인수가 지적했던 불안 요소는 하나였다.

'너무 일찍 샴페인을 터뜨렸던 것이라고 했었지.'

송나영이 당시의 기억을 떠올리는 데 성공했다.

그런데 지금 유인수의 이야기는 당시와 또 바뀌어 있었다.

불안 요소에서 불안 요소들로.

"샴페인을 너무 일찍 터뜨린 것 이외에 샌디에이고 파드리스의 불안 요소가 더 있다는 건가요?"

"맞아. 오늘 경기에서 또 다른 불안 요소가 드러났지."

"뭐죠?"

송나영이 참지 못하고 질문하자, 유인수가 입을 뗐다.

"너도 경기 봤잖아."

"보긴 했죠."

"그런데 왜 나한테 물어?"

유인수의 말처럼 송나영도 월드 시리즈 1차전 경기를 지켜봤다.

그것도 화장실에 가고 싶은 것도 꾹 참았을 정도로 집중해서 봤다.

그렇지만 유인수가 말했던 샌디에이고 파드리스의 불안 요소가 무엇인지는 제대로 파악하지 못했다.

"혹시… 감독의 역량 차이인가요?"

송나영이 짚이는 부분을 입 밖으로 꺼냈다.

그러나 유인수는 틀렸다는 듯이 고개를 흔들었다.

"아주 틀린 건 아닌데, 정답은 아냐."

"아주 틀리지는 않았다?"

"그래. 팀 셔우드 감독도 안고 있는 문제니까. 그런데 그 문제를 안고 있는 건 샌디에이고 파드리스의 선수들도 마찬가지야."

"……?"

"내가 말했던 샌디에이고 파드리스가 안고 있는 또 하나의 불안 요소는… 경험 부족이야."

"경험 부족이요?"

"큰 무대는 경험이 중요하거든."

"고기도 먹어본 놈이 잘 먹는다는 속담과 일맥상통하는 말인가요?"

"정확해."

"그러니까… 샌디에이고 파드리스에는 고기를 먹어본 경험이 있는 선수, 아니, 선수와 감독이 없다는 거로군요."

유인수가 정답을 맞추었다는 듯 고개를 끄덕였다.

그렇지만 송나영은 이내 고개를 갸웃했다.

유인수가 꺼낸 이야기 가운데 오류가 있다는 점을 뒤늦게 알아챘기 때문이다.

"마찬가지잖아요."

"마찬가지?"

"보스턴 레드삭스도 월드 시리즈 우승을 차지한 후 무척 오랜 시간이 흘렀어요. 지금 엔트리에 포함된 선수들 가운데 월드 시리즈 우승을 차지했을 당시에 경기에 출전했던 선수는 한 명도 없어요."

"정확한 지적이야. 그렇지만 다른 점이 있지."

"뭐죠?"

"월드 시리즈 우승은 못했지만, 월드 시리즈 경험은 있지."

유인수의 말은 사실이었다.

재작년 보스턴 레드삭스는 월드 시리즈에 진출했었다.

아쉽게 월드 시리즈 우승을 차지하지는 못했지만, 월드 시리즈라는 큰 무대를 경험하기는 했었다.

"고기 냄새는 맡아봤다?"

"스포츠부 에이스답네."

"네?"

"비유가 아주 좋다는 뜻이야."

유인수가 칭찬을 건넸다.

"고기 냄새를 맡아본 적이 있는 사람과 고기 냄새조차 맡아보지 못한 사람 사이에는 아주 큰 차이가 있어. 고기 냄새를 맡아본 적이 있는 사람은 고기 맛을 알기 때문에 군침을 흘리지만, 고기 냄새조차 맡아본 적이 없는 사람은 고기가 맛있다는 사실조차 모르거든. 그리고… 보스턴 레드삭스에는 고기 맛을 이미 본 선수도 있어."

"……?"

"크리스 세일과 데이빗 프라이스, 잭 브래들리 주니어는 이미 고기 맛을 본 적이 있지."

"그렇긴 하네요."

재작년, 아쉽게 월드 시리즈 우승을 놓쳤던 보스턴 레드삭스는 다시 월드 시리즈 우승에 도전하기 위해 꾸준히 투자했다.

트레이드를 통해서 크리스 세일을 영입했고, 자유 계약 선수로 풀렸던 잭 브래들리 주니어와 데이빗 프라이스를 거액에 영입했다.

그리고 이 세 선수의 공통점은 각자 다른 팀에서 월드 시리즈 우승을 경험한 적이 있다는 것이었다.

"재작년 시즌에 월드 시리즈 우승을 목전에서 놓치는 과정에서 보스턴 레드삭스는 교훈을 얻었어."

"어떤 교훈을 얻었죠?"

"경험의 중요성. 그래서 보스턴 레드삭스는 월드 시리즈 우승 경험이 있는 세 선수 영입에 적극적으로 뛰어들었던 거야."

"캡 말씀대로라면 샌디에이고 파드리스의 월드 시리즈 우승은 어렵겠네요."

디비전 시리즈와 챔피언쉽 시리즈 역시 큰 무대였다.

그럼에도 불구하고 샌디에이고 파드리스의 젊은 선수들은 조금도 주눅이 들거나 긴장하지 않았다.

그래서 월드 시리즈에서도 비슷할 거라고 막연하게 생각했는데.

세계 최고의 팀을 가리는 최고의 무대인 월드 시리즈는 달랐다.

샌디에이고 파드리스의 젊은 선수들은 월드 시리즈가 갖는 중압감과 부담감을 이겨내지 못했다.

잇따라 쏟아졌던 수비 실책이 샌디에이고 파드리스의 젊은 선수들이 긴장하고 있다는 증거였다.

'역시 어렵구나!'

─월드 시리즈 우승을 차지하는 것은 어렵다.

─선수 생활이 끝나기 전에 월드 시리즈 우승 반지를 껴보는 것이 유일한 바람이다.

이런 이야기들이 나왔던 데는 그만한 이유가 있었다는 생각이 들었다.

그때였다.

"샌디에이고 파드리스에도 있어."

"누가 있다는 거죠?"

"고기 냄새를 맡아본 선수."

"누구… 아, 샌디 바에즈."

샌디에이고 파드리스가 정규 시즌 후반에 트레이드로 영입했던 샌디 바에즈는 월드 시리즈를 경험했던 적이 있었다.

비록 당시에 월드 시리즈 우승을 차지하지는 못했지만, 월드 시리즈 무대를 경험하기는 했었다.

"그럼 샌디 바에즈는 다르겠네요."

"경험이 풍부하니까 아마 다를 거야."

그 대답을 듣고서 송나영이 비로소 안도했을 때, 유인수가 덧붙였다.

"만약 샌디 바에즈마저 무너진다면… 샌디에이고 파드리스는 1승도 거두지 못하고 월드 시리즈를 마무리할 수도 있어."

*   *   *

샌디 바에즈 VS 헥터 볼케즈.

월드 시리즈 2차전 양 팀이 내세운 선발투수들이었다.

"왜… 헥터 볼케즈를 2차전에 내세웠을까?"

샌디 바에즈는 샌디에이고 파드리스의 2선발투수였다. 그리고 예상대로 월드 시리즈 2차전의 선발투수로 나섰다.

그렇지만 보스턴 레드삭스를 이끌고 있는 알렉시스 코라 감독의 선택은 뜻밖이었다.

올 시즌 보스턴 레드삭스의 2선발투수로 활약했던 것은 에두아르드 로드리게스였다.

헥터 볼케즈는 3선발투수의 임무를 맡았었다.

그런데 알렉시스 코라 감독은 월드 시리즈 2차전의 선발투수로 에두아르드 로드리게스가 아니라 헥터 볼케즈를 투입하는 의외의 선택을 내렸다.

그 이유에 대해 고민하던 태식이 퍼뜩 떠올린 것은 경험이었다.

헥터 볼케즈의 나이는 서른넷.

그는 에두아르드 로드리게스에 비해서 경험이 훨씬 풍부했다.

또, 월드 시리즈에서 선발투수로 출전했던 경험도 있었다.

알렉시스 코라 감독은 경험적인 측면을 중시해서 이런 선택을 내렸을 가능성이 높았다.

"경기 초반이 중요해!"

태식이 작게 혼잣말을 꺼냈다.

월드 시리즈 1차전 승리 팀이 우승을 차지할 확률은 80%를 상회했다.

샌디에이고 파드리스 선수들도 그 사실을 알고 있었다.

'만약 2차전까지 내준다면?'

월드 시리즈 우승 확률은 더욱 희박해졌다.

더구나 1 , 2차전은 샌디에이고 파드리스의 홈구장인 펫코 파크에서 열렸다.

원정을 떠나서 치러야 하는 3, 4, 5차전을 앞두고 1승을 거두어 균형을 맞추는 것이 꼭 필요했다.

그로 인해 샌디에이고 파드리스의 젊은 선수들이 가진 부담감은 더욱 커진 상황.

긴장과 부담을 얼마나 떨쳐낼 수 있는가 여부가 월드 시리즈 2차전 승부의 향방에 큰 영향을 미칠 터였다.

해서 경기 초반이 아주 중요했다.

'만약 경기 초반에 분위기를 바꿀 수 있다면?'

샌디에이고 파드리스의 젊은 선수들은 긴장과 부담을 빠르게 털어내고 가진바 기량 이상을 끌어낼 수 있을 터였다.

"결국 샌디 바에즈가 얼마나 잘 버텨주는가에 달렸어."

분위기 쇄신을 위해서 필요한 것은 선취점이었다.

즉, 샌디 바에즈가 마운드에서 실점하지 않고 버텨주는 것이 꼭 필요했다.

그 사실을 알고 있기 때문일까.

샌디 바에즈는 긴장한 기색이 역력했다.

슈악!

"볼넷!"

그래서일까.

샌디 바에즈는 첫 타자인 앤드류 베니테즈와의 승부에서부터 어려움을 겪었다.

풀카운트에서 던진 유인구를 앤드류 베니테즈가 잘 참아낸 탓에 1회 초 선두 타자에게 볼넷을 허용했다.

슈악!

틱. 데구르르.

선취점을 내는 것이 중요하다는 것을 알고 있기 때문일까.

보스턴 레드삭스의 알렉시스 코라 감독은 2번 타자인 무크 베츠에게 희생번트 작전을 지시했다.

무크 베츠가 침착하게 희생번트를 성공시키면서 1사 2루로 상황이 바뀌었다. 그리고 타석에 들어선 것은 3번 타자 잭 브래들리 주니어였다.

'위험해!'

태식이 우려의 시선을 던졌다.

알렉시스 코라 감독이 테이블 세터진에 주로 포진했던 잭 브래들리 주니어를 월드 시리즈에서 클린업트리오에 포진시킨 데는 분명한 이유가 있었다.

보스턴 레드삭스가 디비전 시리즈와 챔피언쉽 시리즈를 치르는 과정에서 잭 브래들리 주니어는 절정의 타격감을 과시하며 맹활약했다.

그래서 월드 시리즈에서 클린업트리오에 포진시킨 것이었다.

잭 브래들리 주니어와 승부하는 것은 너무 위험하다는 생각이 들었다. 그리고 샌디 바에즈의 생각도 엇비슷한 듯 보였다.

"볼넷!"

샌디 바에즈는 잭 브래들리 주니어를 스트레이트 볼넷으로 내보냈다.

비록 이안 드레이크가 일어서서 공을 받지는 않았지만, 고의 사구나 마찬가지였다.

잭 브래들리 주니어를 볼넷으로 내보내며 비어 있던 1루를 채운 샌디 바에즈의 선택은 4번 타자 젠더 보카츠와의 승부였다.

'좋은 선택!'

샌디 바에즈의 선택을 확인한 태식은 나쁘지 않은 선택이라고 판단했다.

디비전 시리즈와 챔피언쉽 시리즈에서 절정의 타격감을 보여 준 잭 브래들리 주니어와 달리, 젠더 보카츠는 부진을 면치 못하고 있었다.

월드 시리즈 1차전에서도 젠더 보카츠는 3타수 무안타를 기록하면서 타격감이 회복되지 않은 모습을 보였다.

샌디 바에즈 역시 그 사실을 파악하고 있기에 이런 선택을 내린 것이었다.

그 선택은 옳았다.

슈악!

딱!

원 볼 투 스트라이크 상황에서 샌디 바에즈가 던진 몸 쪽 공을 노리고 젠더 보카츠가 힘껏 배트를 휘둘렀다.

'스크류볼!'

그러나 배트 중심에 걸리지는 않았다.

샌디 바에즈가 던진 스크류볼이 마지막 순간에 타자의 몸 쪽으로 휘어져 들어갔기 때문이다.

배트의 손목 부근에 맞은 타구는 유격수 앞으로 굴러갔다.

빗맞은 탓에 타구 속도는 늦었다.

그렇지만 타자 주자인 젠더 보카츠는 발이 느린 편이었다.

'병살 플레이!'

그래서 태식이 충분히 병살 플레이를 만들어내며 이닝을 끝낼 수 있다고 판단한 순간이었다.

유격수인 호세 론돈이 앞으로 대시하며 타구를 포구하는 데 성공해서 2루수인 에릭 아이바에게 송구했다. 그리고 2루수인 에릭 아이바는 잭 브래들리 주니어의 슬라이딩을 피하면서 1루로 공을 던졌다.

좌측으로 낮게 기운 송구를 받기 위해서 1루수 코리 스프링어가 필사적으로 글러브를 뻗어냈다.

'잡았다!'

에릭 아이바의 송구가 1루수 코리 스프링어가 내밀고 있던 글러브 속으로 빨려 들어간 순간, 태식이 안도의 한숨을 내쉬었다.

"세이프!"

그렇지만 1루심은 세이프를 선언했다.

송구를 받는 순간, 코리 스프링어의 발이 1루 베이스에서 떨어졌기 때문이다.

'너무… 서둘러!'

태식이 미간을 찌푸렸다.

분명히 타자 주자였던 젠더 보카츠는 발이 느린 편이었다.

젠더 보카츠의 발이 느린 것을 감안하면 서두를 필요가 없었는데 유격수인 호세 론돈과 2루수인 에릭 아이바는 병살 플레이를 만들어가는 과정에서 너무 서둘렀다.

'조급해!'

태식이 샌디 바에즈를 살폈다.

젠더 보카츠를 상대로 스크류볼을 던져서 병살 플레이를 만들어낼 수 있는 내야 땅볼을 유도한다는 샌디 바에즈의 계획은 적중했다.

그렇지만 에릭 아이바의 송구 방향이 빗나가면서 병살 플레이를 완성하는 데 실패했다.

기분이 상한 듯 샌디 바에즈 역시 미간을 찌푸리고 있었다.

"버텨줘야 하는데!"

원래라면 끝났어야 할 1회 초 수비가 이어졌다.

2사 1, 3루로 바뀐 상황에서 타석에 들어선 것은 5번 타자 마르코 히메네스였다. 그리고 보스턴 레드삭스의 알렉시스 코라 감독은 월드 시리즈 1차전에 이어 2차전에도 과감한 작전을 지시했다.

슈악!

부우웅!

타다닷.

마르코 히메네스를 상대로 샌디 바에즈가 초구를 던진 순간, 1루 주자인 젠더 보카츠가 스타트를 끊었다.

이안 드레이크가 포구를 하자마자 벌떡 일어났다. 그렇지만 2루로 송구를 바로 뿌리지 못하고 멈칫거렸다.

2루로 송구하는 사이, 3루 주자인 앤드류 베니테즈가 홈으로 파고들 것이 신경 쓰였기 때문이다.

결국 이안 드레이크는 2루로 송구하지 못했다.

"또… 허를 찔렸군!"

태식이 속으로 혀를 내둘렀다.

젠더 보카츠는 발이 느린 편이었다.

해서 2루를 훔치기 위해서 스타트를 끊지 않을 것이라고 모두가 예상했는데.

알렉시스 코라 감독은 젠더 보카츠에게 2루 도루를 지시했다.

발이 빠르고 주루 플레이에 능한 3루 주자 앤드류 베니테즈 때문에 이안 드레이크가 선뜻 2루 송구를 하지 못할 것이라고 판단했기 때문에 내린 작전 지시였다.

그 작전이 먹혀들면서 2사 2, 3루로 상황이 또 바뀌었다.

이제는 짧은 안타만 허용해도 2실점을 할 수 있는 상황이었다.

위기 상황에서 샌디 바에즈는 전력투구를 했다.

슈아악!

"스트라이크!"

144km의 구속이 찍힌 몸 쪽 직구를 꽂아 넣으면서 유리한 볼카운트를 선점했다. 그리고 유리한 볼카운트에서 샌디 바에즈가 선택한 결정구는 역시 스크류볼이었다.

슈악!

딱!

역시 배트의 손목 부근에 맞은 빗맞은 내야 땅볼은 3루 쪽으로 굴러갔다.

빠르게 대시한 하비에르 게레로가 타구를 깔끔하게 포구한 후 1루로 송구했다.

"아웃!"

1루심이 아웃을 선언하며 무척 길었던 1회 초 수비가 끝이 난 순간, 태식이 안도의 한숨을 길게 내쉬었다.

1회 말, 샌디에이고 파드리스의 공격.

위기 뒤의 기회라는 야구계의 격언이 있었기에 태식은 기대를 품은 채 그라운드를 바라보았다.

슈악!

부우웅!

그렇지만 샌디에이고 파드리스의 리드오프인 에릭 아이바는 유인구에 속으며 삼구 삼진으로 물러났다.

2번 타자인 호세 론돈도 크게 다르지 않았다.

노 볼 투 스트라이크.

유리한 볼카운트에서 헥터 볼케즈가 공을 뿌렸다.

슈아악!

유인구를 던질 거라는 태식의 예상은 빗나갔다.

152km.

헥터 볼케즈는 빠른 직구를 몸 쪽 코스로 던졌다.

부우웅.

호세 론돈이 배트를 휘둘렀지만 역시 헛스윙 삼진으로 물러났다.

'높았어! 확실히 노련해!'

대기 타석에서 지켜보고 있던 태식이 작게 고개를 끄덕였다.

"1차전 패배를 만회해야 한다. 그것을 위해서는 최대한 빨리 선취점을 올려야 한다."

샌디에이고 파드리스 선수들이 모두 머릿속에 떠올리고 있는 생각이었다. 그리고 헥터 볼케즈는 그런 샌디에이고 파드리스 선수들의 심리를 정확히 꿰뚫고 있을뿐더러 그 부분을 이용하고 있었다.

에릭 아이비를 상대로 스트라이크존을 통과할 것처럼 보였던 유인구를 던져서 헛스윙을 끌어낸 것.

호세 론돈과의 승부에서 유리한 볼카운트를 먼저 점한 후 몸 쪽 높은 코스로 형성되는 하이 패스트 볼을 던져서 헛스윙을 유도해 낸 것.

모두 젊은 타자들의 조급하고 초조한 마음을 이용한 것이었다.

'서두르면 안 돼!'

에릭 아이바와 호세 론돈.

두 타자와 태식의 가장 큰 차이점은 경험적인 측면이었다.

태식은 타석에서 서두를 생각이 없었다.

슈악!

"볼!"

헥터 볼케즈가 던진 초구는 슬라이더였다.

스트라이크존을 통과할 듯하다가 마지막 순간에 바깥쪽으로 휘어져 나가는 슬라이더의 궤적은 날카로웠다.

타자의 배트를 끌어내기에 딱 적당한 유인구.

그러나 태식의 배트는 끌려 나가지 않았다.

그리고 2구째.

슈아악!

헥터 볼케즈는 바깥쪽 직구를 선택했다.

'스트라이크를 넣을 거야! 몸 쪽은 부담스러울 테니 바깥쪽!'

예상이 적중한 순간, 태식이 망설이지 않고 배트를 휘둘렀다.

따악!

배트 중심에 걸린 타구가 3루수의 키를 넘기고 날아갔다.

'들어가라!'

타구가 라인선상 안쪽에 떨어지기를 바랐는데.

아쉽게도 타구는 라인선상에서 약 1미터가량 벗어난 쪽에 떨어졌다.

"파울!"

파울이 선언된 순간, 태식이 아쉬운 기색을 드러냈다.

반면 헥터 볼케즈는 안도의 한숨을 내쉬었다.

원 볼 원 스트라이크.

슈악!

크게 심호흡을 한 헥터 볼케즈가 선택한 구종은 포크볼이었다.

그렇지만 너무 멀고 낮았다.

일찌감치 볼이라는 사실을 알아챈 태식은 배트를 내밀지 않았다.

투 볼 원 스트라이크.

슈악!

헥터 볼케즈는 4구째로 커브를 구사했다.

그렇지만 이번에도 홈 플레이트를 크게 벗어난 코스로 들어왔다.

"볼!"

'제구가… 안 된다?'

태식이 헥터 볼케즈를 유심히 살폈다.

그렇지만 그는 당황한 기색이 전혀 없었다.

그리고 5구째.

슈아악!

헥터 볼케즈는 바깥쪽 직구를 선택했다.

"볼넷!"

스트라이크존에서 공 하나 정도 빠진 직구를 태식이 그대로 바라보면서 볼넷을 얻어내는 데 성공했다.

오늘 경기 샌디에이고 파드리스의 첫 출루.

그렇지만 태식은 기뻐할 수 없었다.

'제구가 안 되는 게 아냐!'

헥터 볼케즈의 제구가 뜻대로 되지 않는 것이 아니었다.

'일부러 피했어!'

그는 일부러 태식과의 승부를 피한 것이었다.

아마 2구째 바깥쪽 직구를 던지다가 라인선상 근처에 떨어졌던 정타를 허용했던 것이 마음에 걸렸으리라.

헥터 볼케즈의 선택.

신중한 승부가 아니었다.

태식과의 승부를 아예 피해 버렸다.

슈아악!

그런 헥터 볼케즈의 선택은 결과적으로 성공이었다.

딱!

헥터 볼케즈가 몸 쪽 하이 패스트 볼을 던져서 4번 타자 코리 스프링어의 배트를 끌어내는 데 성공했기 때문이다.

배트 상단에 맞은 코리 스프링어의 타구는 높이 떠올랐다. 그러나 멀리 뻗지는 못했다.

일찌감치 낙구 지점에 도착해서 기다리던 중견수가 타구를 잡아내면서 샌디에이고 파드리스의 1회 말 공격은 끝이 났다.

12. 번아웃 증후군(Burnout syndrom)

"서두르지 마!"

월드 시리즈 1차전에서의 패배는 샌디에이고 파드리스의 젊은 선수들의 마음을 조급하게 만들었다.

그래서 공수 양면에서 모두 서두르고 있었다.

그런 젊은 선수들에게 태식이 해주고 싶은 충고였다.

그러나 태식이 이런 충고를 꺼낸다고 하더라도 선수들의 초조함은 쉬이 가시지 않을 터였다.

그리고.

이미 팀 셔우드 감독이 경기 전에 이런 충고를 선수들에게 했었다.

하지만 그 충고는 효과를 발하지 못했다.

샌디에이고 파드리스 선수들은 타석에서 여전히 서둘렀다. 그리고 헥터 볼케즈는 그런 심리적인 부분을 철저하게 이용했다.

마음이 조급한 샌디에이고 파드리스 타자들의 배트를 끌어내기에 딱 좋은, 스트라이크존을 살짝 벗어나는 유인구를 던져서 아웃 카운트를 늘려갔다.

'제구에 자신이 있어!'

태식이 짤막한 한숨을 내쉬었다.

보스턴 레드삭스의 알렉시스 코라 감독이 월드 시리즈 2차전의 선발투수로 팀의 2선발인 에두아르드 로드리게스가 아닌 3선발인 헥터 볼케즈를 낙점한 이유가 보였다.

160㎞에 육박하는 강속구와 낙차 폭이 큰 파워 커브를 장착한 에두아르드 로드리게스가 헥터 볼케즈보다 구위 면에서는 뛰어났다.

그렇지만 알렉시스 코라 감독은 헥터 볼케즈의 노련미에 주목했다.

'만약 에두아르드 로드리게스였다면?'

자신의 구위에 대한 확신이 있었기에 샌디에이고 파드리스의 젊은 타자들과 정면 승부를 피하지 않았을 터였다.

그렇지만 헥터 볼케즈는 달랐다.

샌디에이고 파드리스 타자들과의 정면 승부를 피했다.

대신 샌디에이고 파드리스 타자들의 조급한 심리를 최대한 이용하는 영리한 피칭을 펼치고 있었다.

1회만 놓고 보면, 알렉시스 코라 감독의 선택이 적중한 듯 보였다.

'아직은 경기 초반이야!'

태식이 마음을 다잡았다.

선취점만 올릴 수 있다면, 언제든지 상황이 급변할 가능성이 존재했기 때문이다.

그래서 샌디 바에즈가 마운드에서 무실점으로 버텨주는 것이 중요했다.

그렇지만 1회 초 실점 위기를 넘기고 2회 초에 마운드에 오른 샌디 바에즈는 다시 실점 위기에 봉착했다.

슈악!

따악.

샌디 바에즈는 2회 초의 선두 타자인 헨리 라미네즈에게 중전 안타를 허용했다.

무사 1루 상황에서 알렉시스 코라 감독은 7번 타자인 샘 트래비스에게 희생번트 작전을 지시해 성공시켰다.

1사 2루로 바뀐 상황에서 샌디 바에즈는 8번 타자 더스틴 페드로이아를 상대했다. 그리고 더스틴 페드로이아와의 승부 결과가 무척 아쉬웠다.

슈악!

픽!

더스틴 페드로이아의 의표를 찌르기 위해서 몸 쪽으로 바싹 붙였던 공이 너무 깊었다.

제구 미스로 인해 더스틴 페드로이아에게 사구를 허용하면서 1사 1, 2루로 상황이 변했다.

"그나마 다행인 건… 투수 타석이라는 거군!"

1사 1, 2루에서 타석에 들어선 것은 선발투수인 헥터 볼케즈였다.

"앤드류 베니테즈와의 승부가 중요해!"

태식이 그렇게 판단했을 때였다.

슈악!

따악!

경쾌한 타격음이 흘러나왔다.

원 볼 원 스트라이크에서 샌디 바에즈가 3구째로 던진 슬라이더를 헥터 볼케즈가 제대로 밀어 쳤다.

중견수와 좌익수가 열심히 타구를 쫓아갔지만, 타구를 잡아내기에는 역부족이었다.

좌중간을 반으로 가른 타구는 펜스까지 굴러갔다. 그사이 2루주자는 물론이고, 1루 주자까지 여유 있게 홈으로 파고들었다.

2타점 적시 2루타.

3루를 욕심내지 않고 2루에서 멈춘 헥터 볼케즈가 주먹을 불끈 움켜쥔 채 기뻐하는 모습이 보였다.

'최악!'

그 모습을 지켜보던 태식의 머릿속에 떠오른 단어였다.

0 : 5.

2회 초가 끝났을 때의 스코어였다.

'너무 컸어!'

수비를 마치고 더그아웃으로 돌아온 태식이 주먹을 꽉 움켜쥐었다.

샌디 바에즈가 투수인 헥터 볼케즈에게 2타점 적시타를 허용했던 것.

그 부분이 너무 컸다.

그로 인해 샌디 바에즈는 멘탈이 흔들렸고, 결국 5실점을 하며 와르르 무너졌다.

'방심했던 게… 아냐!'

태식이 입술을 꽉 깨물었다.

2회 초 1사 1, 2루 상황에서 타석에 들어섰던 것이 투수인 헥터 볼케즈이긴 했지만, 샌디 바에즈는 방심하지 않았다.

일반적인 경우, 타석에 들어선 투수는 직구를 노렸다.

다양한 구종에 대처할 정도로 타격 능력이 뛰어나지 못한 경우가 대부분이었기 때문이다.

샌디 바에즈도 그 사실을 알고 있었다.

커브, 스크류볼, 슬라이더.

그리고 헥터 볼케즈를 상대할 당시, 샌디 바에즈가 직구를 던지지 않았던 것이 그가 방심하지 않았다는 증거였다.

그럼에도 불구하고 2타점 적시 2루타를 허용했던 것은 헥터 볼케즈가 타격을 잘했다는 것 외에 설명할 방법이 없었다.

후우.

태식이 한숨을 내쉬며 맞은편 더그아웃을 살폈다.

"또… 당했네!"

월드 시리즈 2차전에 2선발인 에두아르드 로드리게스 대신 3선발인 헥터 볼케즈를 내세웠던 알렉시스 코라 감독의 선택.

헥터 볼케즈의 노련미에 기대를 걸었기 때문이라고 판단했었다.

그러나 태식이 미처 파악하지 못했던 한 가지 이유가 더 있었다.

타격 능력.

아메리칸 리그는 투수가 타석에 들어서지 않았다.

지명 타자 제도를 활용하기 때문이었다.

그로 인해 인터 리그를 제외하고는 투수가 타석에 들어설 경우가 없었다. 해서 투수들의 타격 능력에 대해서는 크게 신경을 기울이지 않았는데.

6타수 무안타.

올 시즌 인터 리그에 출전했던 에두아르드 로드리게스의 타격 성적이었다.

7타수 2안타.

역시 인터 리그에 출전했던 헥터 볼케즈의 타격 성적이었다.

더구나 그 두 개의 안타 모두 장타였다.

팀 셔우드 감독은 이 부분을 놓쳤다.

반면 알렉시스 코라 감독은 이 부분을 놓치지 않았다.

월드 시리즈 1, 2, 6, 7차전은 샌디에이고 파드리스의 홈구장인 펫코 파크에서 열렸다.

그런 만큼 지명타자 제도를 활용할 수 없었다.

즉, 타석에 투수가 들어서야 했다.

'득점 확률을 조금이라도 높이자!'

보스턴 레드삭스의 알렉시스 코라 감독은 이렇게 판단했을 것이다.

월드 시리즈 3차전이 아닌 2차전에 헥터 볼케즈를 투입한 이유는 그의 타격 능력도 감안했기 때문이다.

얼핏 보기에는 작은 차이처럼 느껴졌다. 그러나 결과적으로는 그 작은 차이가 승부의 향방을 갈랐다.

헥터 볼케즈가 타석에서 터뜨린 2타점 적시타는 샌디 바에즈의 멘탈을 흔들어놓기에 충분했으니까.

샌디 바에즈가 5실점을 허용하면서 2회를 마무리하지 못하고 강판당한 것에는 투수인 헥터 볼케즈에게 적시타를 허용했던 것이 컸다.

"어렵다!"

선취점과 샌디 바에즈의 호투.

태식이 판단했던 월드 시리즈 2차전을 잡아내기 위한 샌디에이고 파드리스의 필요조건이었다.

그러나 두 가지 필요조건을 모두 충족시키지 못했다.

비록 아직 경기 초반이지만, 월드 시리즈 2차전도 패색이 짙다고 판단한 태식의 표정이 어둡게 변했다.

0 : 7.

월드 시리즈 2차전 9회 말에 접어들었을 때의 스코어였다.

일곱 점차로 리드하고 있는 상황에서 보스턴 레드삭스의 알렉시스 코라 감독이 마운드에 올린 선수는 더블 스토퍼 가운데 한 명인 크랙 킴브렐이었다.

"독하군!"

크랙 킴브렐이 마운드에 오르는 것을 확인한 유인수가 입을 뗐다.

"왜 크랙 킴브렐을 마운드에 올리는 거죠?"

송나영도 눈살을 찌푸린 채 물었다.

굳이 마무리 투수인 크랙 킴브렐을 마운드에 올리지 않아도 될 정도로 점수 차가 크게 벌어진 상황이었기 때문이다.

"확실하게 이기기 위해서야."

"굳이 크랙 킴브렐이 아니더라도……."

"정규 시즌이 아니라 단기전이거든."

"……?"

"분위기가 중요하기 때문이야."

유인수가 설명을 덧붙였다.

그렇지만 제대로 이해하지 못한 송나영이 고개를 갸웃하자, 유인수가 다시 입을 뗐다.

"알렉시스 코라 감독이 크게 리드하고 있는 상황임에도 불구하고 마무리 투수인 크랙 킴브렐을 마운드에 올린 것에는 크게 세 가지 이유가 있다."

"세 가지씩이나요?"

"그래."

"뭔데요?"

"우선 컨디션 유지 차원이지. 꽤 오래 쉬었거든."

유인수의 말대로였다.

크랙 킴브렐의 마지막 등판은 아메리칸 리그 챔피언쉽 시리즈 5차전이었다.

아메리칸 리그 6차전에서는 보스턴 레드삭스가 큰 점수 차이로 패했기에 등판하지 않았고, 7차전에서는 데이빗 프라이스가 등판해서 경기를 마무리했기 때문이다.

약 열흘 가까이 실전 등판이 없었기에 알렉시스 코라 감독은 실전 감각을 익히도록 크랙 킴브렐을 마운드에 올린 것이었다.

"두 번째는 확실하게 승리하기 위해서지."

"지금도 확실하게 이긴 것 같은데요?"

"경각심을 일깨우려는 의도가 숨어 있지."

"경각심?"

"지금 우리가 펼치는 경기는 월드 시리즈이고, 우리가 상대하는 팀은 내셔널 리그 최고의 팀이다. 7점차로 앞서고 있다고 해도 방심해서는 안 된다."

"……?"

"알렉시스 코라 감독은 마무리 투수인 크랙 킴브렐을 투입해서 선수들에게 경각심을 일깨우려는 거야."

송나영이 작게 고개를 끄덕였다.

아까 유인수가 보스턴 레드삭스의 알렉시스 코라 감독에게 독하다고 평가했던 이유를 알 수 있었기 때문이다.

"세 번째 이유는 뭔가요?"

"분위기를 넘겨주기 싫은 거야."

"무슨 뜻이죠?"

"오늘 경기에서 7 : 0으로 이기나 7 : 6으로 이기나 마찬가지 아니냐? 어차피 1승인 것은 똑같지 않느냐? 정규 시즌이라면 맞는 말이야. 그렇지만 7전 4선승제로 치러지는 단기전은 달라."

"어떻게 다르죠?"

"오늘 경기가 다음 경기에도 영향을 미치거든. 그래서 한 점도 내주지 않고 완벽하게 승리를 거두기 위해서 크랙 킴브렐을 투입한 거지."

알렉시스 코라 감독의 계산은 적중했다.

"스트라이크아웃!"

9회 말에 등판한 크렉 킴브렐이 샌디에이고 파드리스의 타자들을 상대로 삼자범퇴로 마무리했기 때문이다.

최종스코어 0 : 7.

샌디에이고 파드리스의 2연패가 확정된 순간, 송나영이 한숨을 내쉬었다.

"무기력하네요."

무려 16연승을 거두면서 내셔널 리그 디비전 시리즈와 챔피언쉽 시리즈를 가뿐히 통과했던 샌디에이고 파드리스와 월드 시리즈에서 졸전 끝에 2연패를 당한 샌디에이고 파드리스.

과연 같은 팀이 맞는가 하는 의문이 들 정도로 형편없었다.

같은 생각일까?

희미하게 고개를 끄덕이던 유인수가 한참 만에 입을 뗐다.

"꼭⋯ 번아웃 증후군을 앓는 것 같군."

최종스코어 0 : 5.

월드 시리즈 3차전의 결과였다.

샌디에이고 파드리스 타선은 보스턴 레드삭스의 선발투수인 에두아르드 로드리게스의 호투에 막혀서 단 한 점도 뽑아내지 못했다.

선발투수인 조셉 바우먼이 나름대로 호투했지만, 유격수인 호세 론돈의 결정적인 수비 실책이 나오면서 5이닝 4실점을 기록하며 패전 투수가 됐다.

졸전의 연속!

―이번 월드 시리즈 우승 팀은 보스턴 레드삭스다.

모든 전문가들이 이견 없이 월드 시리즈 우승을 보스턴 레드삭스의 것이라고 예상한 가운데, 양 팀의 4차전이 다가왔다.

"번아웃 증후군을 아십니까?"

마이크 프록터 단장이 어두운 표정으로 꺼낸 질문에 팀 셔우드가 고개를 끄덕였다.

번아웃 증후군(Burnout syndrom).

정신분석의인 허버트 프뤼덴버그가 처음 사용한 심리학 용어로, 탈진 증후군 혹은 소진 증후군이라고 불렸다.

어떠한 일에 의욕적으로 몰두하다가 신체적 정신적으로 스트레스가 계속 쌓여서 무기력증이나 분노, 의욕 상실 등에 빠지는 증상을 말했다.

그리고 팀 셔우드는 마이크 프록터 단장이 불현듯 번아웃 증후군을 입에 올린 이유를 짐작할 수 있었다.

월드 시리즈에서 졸전 끝에 3연패에 빠진 샌디에이고 파드리스의 상황.

번아웃 증후군과 증상이 엇비슷했기 때문이다.

"길었던 연승이… 독이 된 것 같습니다."

16연승.

정규 시즌 막바지부터 시작된 샌디에이고 파드리스의 연승 행진은 내셔널 리그 챔피언쉽 시리즈까지 이어졌다.

샌디에이고 파드리스의 새 역사를 쓴 연승 행진을 기록한 덕분에 월드 시리즈에 진출했다. 그렇지만 연승 행진이 끝이 나자, 마치 전혀 다른 팀처럼 무기력한 졸전을 계속해서 펼치고 있었다.

팀 셔우드가 판단하기에는 모든 것을 쏟아부었던 연승 행진이 끝난 후유증이 크다고 느껴졌다.

물론 그 이유가 다가 아니었다.

경험적인 측면에서 부족한 것도 3연패의 원인이었다.

선수만이 아니었다.

샌디에이고 파드리스의 감독인 자신도 보스턴 레드삭스의 감독인 알렉시스 코라에 비해 경험이 부족하다는 것을 절감했다.

그로 인해 단기전 운용에서 부족한 부분을 드러냈다.

"이제 샌디에이고 파드리스가 월드 시리즈 우승을 차지할 확률은 10%도 되지 않습니다."

7전 4선승제로 치러지는 월드 시리즈에서 먼저 3연패를 당한 후 4연승을 거두어 역전 우승을 차지할 확률은 극히 낮았다.

마이크 프록터 단장이 그 부분을 지적하며 물었다.

"반전을 꾀할 묘책이 있습니까?"

"찾고 있습니다."

팀 셔우드가 대답했다.

그렇지만 솔직한 내심은 달랐다.

"어렵습니다."

이것이 팀 서우드가 갖고 있는 생각이었기 때문이다.

역시 해법이 없기 때문일까.

답답한 표정을 짓고 있던 마이크 프록터 단장이 다시 입을 뗐다.

"감독님, 번아웃 증후군에서 벗어나는 방법이 무엇인지 아십니까?"

"무엇입니까?"

"목표를 줄이는 겁니다."

"목표를 줄인다?"

팀 서우드가 그 말을 되뇌인 순간, 마이크 프록터가 덧붙였다.

"남은 네 경기를 모두 이겨야 월드 시리즈 우승을 차지할 수 있다. 이렇게 생각하니 너무 어렵지 않습니까?"

"그렇죠."

"다음 경기만 잡는다. 이렇게 목표를 바꾸면 좀 쉽게 느껴지지 않습니까?"

"그조차도 쉽지는 않지만… 전자보다는 쉽네요."

"이게 번아웃 증후군을 벗어나는 핵심입니다."

"일단 한 경기를 잡는 것으로 목표를 바꾸라는 말씀입니까?"

팀 서우드가 묻자, 마이크 프륵터가 대답했다.

"네. 이게 부진에서 탈출하는 해법이 될 수 있지 않을까요?"

*　　　　*　　　　*

"찾으셨습니까?"

태식이 찾아가자, 팀 셔우드 감독이 자리를 권했다.

"앉게."

"네."

상황이 상황이어서일까.

팀 셔우드 감독의 표정은 어두웠다.

태식이 자리에 앉은 순간, 팀 셔우드 감독이 입을 뗐다.

"여기까지 온 건… 내 탓이 크네."

그가 자신의 책임을 인정한 순간, 태식이 고개를 흔들었다.

팀 셔우드 감독이 패배의 책임에서 자유로울 수는 없었다. 그렇지만 패배의 원인이 오롯이 그에게만 있는 것은 아니었다.

3연패를 당한 데는 선수들의 책임도 컸다.

물론 태식도 마찬가지였고.

"단장님은 번아웃 증후군이란 표현을 쓰시더군."

"번아웃 증후군이요?"

"그래. 16연승을 내달리던 과정에서 너무 많은 것을 쏟아부은 탓에 방전이 된 게 아닐까 우려하시더군."

"그런 부분이 분명히 존재한다고 생각합니다."

"자네 생각도 비슷하군."

희미하게 고개를 끄덕이던 팀 셔우드 감독이 다시 입을 뗐다.

"내가 부른 이유는 자네의 의견을 듣기 위해서네."

"제 의견이요?"

"우선 단장님이 제시한 해법을 알려주지."

"말씀해 주십시오."

"목표를 줄이라고 하더군."

"목표를 줄이라?"

"지금 우리 팀에 필요한 것은 4연승이 아니라 1승이라고 말씀하셨지."

태식이 고개를 끄덕였다.

일리가 있는 이야기라는 생각이 들었기 때문이다.

"현실적인 해결 방안이긴 하네요."

"그렇군. 그럼… 자네 생각도 비슷한가?"

팀 셔우드 감독이 질문한 순간, 태식이 고개를 흔들며 대답했다.

"저는 조금 생각이 다릅니다."

"어떻게 생각이 다른가?"

팀 셔우드 감독이 의아한 표정을 지은 채 물었다.

"너무 멀다고 생각합니다."

"무엇이 멀다는 건가?"

"1승이라는 목표 말입니다."

"……?"

"목표를 더 가까이 잡아야 할 것 같습니다."

"왜 그렇게 생각하는가?"

"그게 우리 팀이 현재 처한 현실이니까요."

더 긴 부연은 필요 없었다.

팀 셔우드 감독 역시 졸전 끝에 연패를 이어나가고 있는 샌디에이고 파드리스의 상황에 대해서 정확히 파악하고 있었으니까.

"얼마나 더 가까이 잡아야 할까?"

"선취점입니다."

"선취점이라. 그렇군."

팀 셔우드 감독은 반박하지 않았다.

대신 표정이 어두워졌다.

월드 시리즈 4차전에서 선취점을 올리는 것을 목표로 삼아야할 정도로 힘든 샌디에이고 파드리스의 상황을 새삼 느꼈기 때문이리라.

"하나 더 있습니다."

"또 무엇이 남았나?"

"디테일한 부분부터 차례대로 접근해야 합니다."

"이대로는 어렵다!"

팀 셔우드가 내린 판단이었다.

지금 이대로 월드 시리즈 4차전에 임한다면, 역시 졸전 끝에 패할 확률이 무척 높았기 때문이다.

해서 어떤 식으로든 변화를 줘야 한다고 판단했다.

그렇지만 그 방법을 찾는 것이 어려웠다.

앞이 제대로 보이지 않을 정도로 뿌연 안개로 뒤덮인 산 속에서 길을 잃고 헤매는 느낌이랄까.

그로 인해 막막하다는 생각만 하고 있었는데.

김태식이 꺼낸 이야기를 듣는 순간, 눈앞이 맑아지는 느낌이었다.

"일단은 타선이 먼저다?"

"그렇습니다."

"왜 그렇게 판단한 건가?"

"목표가 선취점을 올리는 것이니까요."

팀 셔우드가 희미하게 고개를 끄덕였다.

'목표를 너무 멀리 잡았었어!'

어떤 식으로든 변화를 가져가야 한다고 판단하면서도 마땅한 해법이 떠오르지 않았던 이유를 팀 셔우드는 비로소 깨달았다.

'남은 네 경기에서 모두 승리를 거두어야 월드 시리즈 우승을 차지할 수 있다. 4연승을 거둘 수 있는 방법을 찾아야 한다!'

그동안 팀 셔우드가 고민했던 부분이었다.

그리고 목표를 너무 멀리 잡아서일까.

해법은커녕 해법을 찾을 수 있는 단서조차 찾지 못했었다.

그런데 지금은 달랐다.

'선취점!'

목표가 가깝고 단순해져서일까.

서서히 해법이 보이기 시작했다.

월드 시리즈 4차전의 첫 목표인 선취점을 올리기 위해서는 결국 샌디에이고 파드리스 타선이 점수를 뽑아내야 했다.

그리고 월드 시리즈 1, 2, 3차전을 통틀어 1점을 뽑아내는 데 그칠 정도로 샌디에이고 파드리스 타선은 빈공에 시달렸었다.

선취점을 뽑아내기 위해서는 타선에 변화를 줘야 했다.

"타순에 변화를 줘야 한다는 뜻인가?"

"그렇습니다."

"어느 쪽에 변화를 줘야 할까?"

"테이블 세터진입니다."

일말의 망설임도 없이 김태식이 대답한 순간, 팀 서우드는 호기심이 일었다.

현재 샌디에이고 파드리스 타선을 한마디로 표현하면 총체적인 난국이었다.

테이블 세터진은 물론이고 클린업트리오, 하위 타순까지.

어느 하나 제 역할을 하지 못하고 있었다.

그런데 김태식은 테이블 세터진에 변화를 줘야 한다고 콕 집어 지적했다.

"왜 하필 테이블 세터진인가?"

"이유는 단순합니다."

"단순하다?"

"타점을 올릴 기회가 찾아오지 않습니다."

"그렇긴 하군."

샌디에이고 파드리스의 테이블 세터진을 이루고 있는 에릭 아이바와 호세 론돈은 월드 시리즈에서 극심한 부진에 빠져 있었다.

각각 12타수 무안타를 기록하고 있었다.

더구나 사사구를 얻어서 출루하지도 못했다.

그러니 클린업트리오 앞에 타점을 올릴 기회가 만들어질 리가 없었다.

그때였다.

"승부를 피합니다."

"승부를 피한다?"

"좋은 공이 들어오지 않으니 타격할 기회조차 없습니다."

김태식이 불평을 터뜨리는 것을 들은 팀 셔우드가 표정을 딱딱하게 굳혔다.

그의 불평대로였다.

김태식은 이번 월드 시리즈에서 단 두 개의 안타밖에 기록하지 못했다.

평소의 김태식의 활약상을 감안하면 한참 모자란 타석에서의 성적.

그렇지만 김태식이 부진하다고 표현하기도 어려웠다.

김태식은 이번 월드 시리즈에서 무려 6개의 사사구를 얻어냈기 때문이다.

12타석에 들어서서 6타수 2안타를 기록했으니 타율만 놓고 보자면 3할이 넘었다.

보스턴 레드삭스의 배터리가 자신과의 승부를 의도적으로 피한다는 김태식의 생각.

착각이 아니었다.

기록이 증명하고 있었고, 팀 셔우드 역시 분명히 느끼고 있었던 부분이었다.

그렇지만 마땅한 대책이 없기에 답답해하고 있었는데.

"테이블 세터진에 어떻게 변화를 줘야 할까?"

"점수를 얻기 위해서는 출루가 필요합니다."

"그야 그렇지만……."

"일단 출루를 할 수 있는 선수가 테이블 세터진에 포진돼야 합니다. 나머지는 그 후에 생각하는 것이 맞다고 생각합니다."

"그건 자네 말이 맞아. 그런데 누구를 테이블 세터진에 포진시켜야 출루가 가능할까?"

"상대 배터리가 가장 까다로워하는 타자죠."

"가장 까다로워하는 타자라면… 자네로군."

보스턴 레드삭스의 배터리가 3경기를 치르는 동안, 무려 6개의 사사구를 허용했다는 것이 김태식을 가장 까다로워하고 두려워한다는 증거였다.

"자네를 테이블 세터진에 포진시켜 달라는 뜻인가?"

"그렇습니다. 그리고……."

"그리고 뭔가?"

"기왕이면 리드오프로 출전시켜 주십시오."

"왜인가?"

"제가 이번 월드 시리즈에서 사사구를 얻었던 경우는 대개 2사 주자 없는 상황에서 타석에 들어섰을 때입니다. 만약 무사나 1사 상황에서 저를 상대한다면, 사사구를 내주며 승부를 피하기 어려울 겁니다."

일리가 있는 이야기였다.

그렇지만 하나의 문제가 해결되자, 또 다른 문제가 나타났다.

'김태식이 빠지면 클린업트리오의 파괴력이 떨어질 텐데!'

잠시 고민에 잠겼던 팀 셔우드가 이내 고개를 흔들었다.

지금 당장 급한 것은 출루였다.

나머지 부분은 나중에 고민하는 편이 맞다는 생각이 들었기 때문이다.

"아까 차례로 접근해야 한다고 말했었지?"

"그렇습니다."

"타순 변화가 끝이 아니라는 뜻이로군."

"네."

"다음은 뭔가?"

김태식이 대답했다.

"마운드도 새로운 운용의 묘를 찾아야 합니다."

13. 새로운 리드오프

〈샌디에이고 파드리스 선발 라인업〉

1번. 김태식

2번. 에릭 아이바

3번. 호세 론돈

4번. 브라이언 스탠튼

5번. 티나 코르도바

6번. 코리 스프링어

7번. 하비에르 게레로

8번. 미구엘 마못

9번. 이안 드레이크

피처: 파넬슨 레이먼

어쩌면 마지막 경기가 될 수도 있는 월드 시리즈 4차전을 앞두고 샌디에이고 파드리스의 팀 셔우드 감독이 발표한 선발 라인업이었다.

그 선발 라인업을 확인한 송나영은 놀란 기색을 감추지 못했다.

"이건… 대체 뭐죠?"

"승부수를 던졌군."

"승부수요?"

"모 아니면 도야. 그런데……."

"그런데 뭐죠?"

"도가 될 확률이 높은 승부수로군."

송나영이 고개를 끄덕였다.

월드 시리즈 1, 2, 3차전에서 졸전 끝에 패배했던 샌디에이고 파드리스였다.

그런 만큼 어떤 식으로든 선발 라인업에 변화를 주는 것이 맞았다.

그렇지만 이건 너무 과하다는 생각이 들었다.

타순부터 선발투수까지.

팀 셔우드 감독이 선발 라인업을 발표하기 전까지 어느 누구도 예상치 못했던 파격적인 라인업 변화였다.

"왜 김태식 선수가 리드오프로 나서는 거죠?"

"출루가 필요하니까."

"그렇지만……."

"클린업트리오의 파괴력이 약해질 거라는 말을 하고 싶은 거지?"

"네."

"내가 보기엔… 거기까진 생각하지 않았어."

"네?"

"거기까지 고민할 정도로 여유가 없거든."

송나영이 고개를 끄덕였다.

월드 시리즈 3차전까지 치르는 과정에서 샌디에이고 파드리스 타선은 총체적인 난국에 빠져 있었다.

이런 상황에서 어떤 돌파구를 마련하기는 분명 쉽지 않았을 터였다.

일단 출루를 해야 한다는 목표를 잡고 김태식을 리드오프로 기용하는 선택을 내렸을 가능성이 높았다.

"그렇다고 치죠. 그렇지만 브라이언 스탠튼을 4번 타순에 포진시킨 것은 너무 무모하지 않나요?"

"무모하지."

"캡 생각도 그렇죠?"

"그렇지만 뭔가 이유가 있을 거야."

송나영이 다시 고개를 끄덕였다.

샌디에이고 파드리스의 팀 셔우드 감독이 아무 이유도 없이 이런 타순 변화를 가져간 것은 아닐 것이었다.

분명히 어떤 노림수가 있을 터였다.

그러나 그 노림수가 대체 뭔지 정확히 파악하기 힘들었다. 그리고 타순의 변화만이 아니었다.

팀 셔우드 감독은 월드 시리즈 4차전 선발투수로 팻 메이튼이 아니라 파넬슨 레이먼을 기용했다.

모두가 당연히 월드 시리즈 4차전에서 팻 메이튼이 샌디에이고 파드리스의 선발투수로 출전할 것이라고 예상했는데.

그 예측은 보기 좋게 빗나갔다.

"부상… 일까요?"

팻 메이튼이 아니라 파넬슨 레이먼이 선발투수로 출전했다는 사실을 알게 된 송나영이 가장 먼저 떠올린 것은 부상이었다.

오늘 경기에서마저 샌디에이고 파드리스가 패한다면 월드 시리즈는 이대로 끝이 났다.

이런 상황에서 디비전 시리즈는 물론이고, 챔피언쉽 시리즈까지 호투를 이어오던 팻 메이튼이 출전하지 않을 이유가 없었기 때문이다.

"부상은 아닌 것 같아. 전혀 그런 정보가 없었거든."

"그럼 왜죠?"

"나도 모르겠어. 그렇지만 짐작이 가는 것은 있어."

송나영이 다시 물었다.

"짐작 가는 게 뭔데요?"

유인수가 대답했다.

"알렉시스 코라 감독의 작전을 벤치마킹한 것 같아."

'선취점!'

태식이 팀 셔우드 감독에게 꺼냈던 말은 그저 해본 말이 아니었다.

올 시즌 처음으로 샌디에이고 파드리스의 리드오프로 출전한 태식의 머릿속에는 어떻게든 선취점을 올려야 한다는 생각뿐이었다.

'1순위는 무조건 출루다!'

가장 손쉽게 선취점을 올릴 수 있는 방법은 홈런을 터뜨리는 것이었다. 그렇지만 태식은 욕심을 버리기 위해 노력했다.

리드오프의 최우선 임무!

어디까지나 출루였기 때문이다.

그리고 굳이 하나를 더 꼽자면… 투지를 보여주는 것이었다.

시리즈 전적 0승 3패.

샌디에이고 파드리스는 궁지에 몰릴 대로 몰려 있는 상황이었다.

침체된 분위기를 반전시키기 위해서는 팀 내에서 가장 노장인 태식이 최선을 다하는 플레이를 펼쳐서 다른 젊은 선수들의 투지를 일깨워야 했다.

"해보자!"

태식이 각오를 다지며 타석으로 들어섰다.

월드 시리즈 4차전 보스턴 레드삭스의 선발투수는 하스 험브리였다.

팀 셔우드 감독과 달리 알렉시스 코라 감독은 팀의 4선발인 하스 험브리를 기용하는 정상적인 투수 운용을 가져갔다.

'피하진 못한다!'

태식이 이번 월드 시리즈의 타석에서 줄곧 고전했던 가장 큰 이유는 투수들이 승부를 피했기 때문이다.

태식은 대부분의 타석을 2사 주자 없는 상황에서 들어섰다.

처음에는 단순한 우연일 것이라 판단했다.

샌디에이고 파드리스 타선이 워낙 침체에 빠져 있는 탓에 계속 주자가 없는 상황에서 타석에 들어서는 것이라고 여겼는데.

월드 시리즈 3차전이 끝나고 난 후, 태식의 생각이 바뀌었다.

'의도된 것이 아닐까?'

퍼뜩 들었던 생각이었다.

샌디에이고 파드리스 타선에서 가장 위협적인 선수는 김태식이다.

가능하면 김태식 앞에 주자를 내보내지 마라.

그리고 김태식과의 승부를 철저하게 피해라.

보스턴 레드삭스의 알렉시스 코라 감독이 이런 지시를 내렸을 가능성이 높았다.

해서 태식은 팀 서우드 감독에게 월드 시리즈 4차전에서 리드오프로 출전시켜 달라고 부탁했다.

'리드오프로 나선다면?'

최소 한 번 이상은 무사 상황에서 선발투수인 하스 험브리를 만날 수 있을 테니까.

또, 무사 상황인 만큼 하스 험브리는 자신과의 승부를 피하기 어려울 터였다.

'처음이자 마지막 기회일지도 모른다!'

무사 상황에서 타석에 들어서는 것.

어쩌면 이번이 처음이자 마지막일지도 몰랐다.

그런 만큼 태식은 첫 타석에서 출루를 위해서 모든 것을 쏟아붓기로 작정했다.

'초구 스트라이크를 던지려고 할 거야!'

어차피 승부를 피할 수 없는 상황이라면, 하스 험브리는 유리한 볼카운트를 가져가려 할 터였다.

'전진 수비!'

마운드에 서 있는 하스 험브리를 노려보던 태식이 시선을 돌려 보스턴 레드삭스 수비진의 위치를 살폈다.

극단적인 전진 수비는 아니었다.

그렇지만 1루수와 3루수는 평소 수비 위치보다 조금 더 앞으로 전진한 채 수비에 임하고 있었다.

'기습 번트를 대비하고 있어!'

보스턴 레드삭스 수비진의 의도를 파악한 태식이 배트를 움켜쥔 손에 힘을 더했다.

슈아악!

하스 험브리가 던진 초구는 바깥쪽 직구.

태식의 예상대로 스트라이크존 낮은 코스를 통과하는 공이었다.

딱!

태식이 놓치지 않고 밀어 쳤다.

배트 중심에 걸린 정타는 아니었다.

그렇지만 배트 하단부에 맞은 타구는 크게 바운드를 일으켰다.

전진 수비를 펼치고 있던 보스턴 레드삭스의 3루수 더스틴 페드로이아가 뒷걸음질을 치면서 타구를 잡아내기 위해 애썼다.

그렇지만 태식의 타구는 더스틴 페드로이아가 점프하면서 높이 들어 올렸던 글러브 끝을 살짝 맞고 퉁기면서 방향이 바뀌었다.

'2루까지!'

1루를 통과한 후에도 태식이 멈추지 않고 2루로 내달렸다.

태식의 과감한 베이스러닝을 예상치 못해서일까.

방심하고 있던 더스틴 페드로이아가 뒤늦게 후속 동작을 서둘렀다.

방향이 바뀌었던 타구를 역동작으로 잡아낸 더스틴 페드로이아가 2루로 송구했지만, 태식의 발이 베이스에 닿는 것이 더 빨랐다.

'됐다!'

태식이 주먹을 불끈 움켜쥐었다.

아까 태식이 때린 타구가 3루 쪽으로 향했던 것.

우연이 아니었다.

더스틴 페드로이아가 전진 수비를 펼치고 있다는 사실을 확인하고 의도적으로 밀어 쳤던 것이다.

또, 끝까지 팔로 스윙을 가져갔던 것이 타구가 바운드를 크게 일으키면서 더스틴 페드로이아가 높이 들어 올렸던 글러브를 넘길 수 있었던 요인이었다.

원래 태식이 계획했던 것은 거기까지였다. 그러나 더스틴 페드로이아의 후속 동작이 기민하지 못하다는 것을 캐치했기 때문에 태식은 과감하게 2루로 내달렸다.

무모하다고 표현해도 무방한, 과감한 주루 플레이.

그렇지만 태식이 이렇게 과감한 주루 플레이를 펼친 이유는 크게 둘이었다.

우선 선취점을 올릴 수 있는 확률을 더 높이기 위함이었다.

무사 1루와 무사 2루.

득점을 올릴 수 있는 확률에서 커다란 차이가 났다.

무사 2루인 경우가 무사 1루일 때에 비해서 더 다양한 작전을 펼칠 수 있었고, 또 득점을 올릴 수 있는 확률도 훨씬 높았다.

두 번째 이유는 보스턴 레드삭스의 3루수인 더스틴 페드로이아가 느슨한 수비를 펼치며 만들어진 허점을 파고들기 위함이었다.

시리즈 전적에서 3승 무패로 앞서 있기 때문일까.

더스틴 페드로이아는 방심하며 어설픈 후속 동작을 가져갔고 태식은 그 허점을 놓치지 않고 파고들었던 것이다.

높고 단단한 댐이 무너지는 것도 작은 구멍이 시발점이었다.

더스틴 페드로이아가 느슨한 수비를 펼치면서 태식에게 2루까지 허용한 것이 오늘 경기에서 거대한 후폭풍을 불러일으킬 가능성은 충분했다.

무사 2루에서 타석에 들어선 것은 에릭 아이바.

슈악!

틱. 데구르르.

선취점의 중요성을 누구보다 잘 알고 있는 팀 셔우드 감독은 에릭 아이바에게 희생번트 지시를 내렸다. 그리고 에릭 아이바는 침착하게 희생번트를 성공시켰다.

1사 3루로 상황이 바뀐 순간, 타석에는 3번 타자 호세 론돈이 들어섰다.

큼지막한 외야플라이만 나와도 선취점을 올릴 수 있는 득점 찬스.

그렇지만 알렉시스 코라 감독은 호세 론돈과의 승부를 건너뛰었다.

"볼넷!"

하스 험브리는 스트레이트 볼넷으로 호세 론돈을 내보내면서 비어 있던 1루를 채웠다.

포수가 일어나서 공을 받지는 않았지만, 고의 사구나 마찬가지였다.

알렉시스 코라 감독은 호세 론돈이 아닌 4번 타자인 브라이언 스탠튼과 승부하는 것을 택했다.

'지금까지는… 예상 시나리오대로 착착 진행됐다!'

3루 베이스 위에 서서 일련의 과정을 지켜보고 있던 태식이 두 눈을 빛냈다.

월드 시리즈 4차전 경기를 앞두고 팀 셔우드 감독과 타순에 대해서 논의할 때, 이미 이런 상황을 예견했다.

즉, 주자가 득점권에 나가 있는 상황에서 1루가 비어 있는 경우라면, 알렉시스 코라 감독이 3번 타자인 호세 론돈이 아닌 4번 타자 브라이언 스탠튼과 승부를 펼칠 확률이 높다고 판단했었다.

당시 태식이 주장했던 것은 4번 타순에 브라이언 스탠튼을 포진시키는 것이었다.

반면 팀 셔우드 감독은 코리 스프링어나 티나 코르도바를 4번 타순에 포진시키자고 주장했었다.

'치열했지!'

태식이 당시에 오갔던 무척 치열했던 논쟁을 떠올렸다.

"거기까지는… 인정하겠네."

팀 셔우드 감독이 한발 물러섰다.

그가 인정한 것은 태식을 월드 시리즈 4차전에서 샌디에이고 파드리스의 리드오프로 기용하는 데까지였다.

"그러나 브라이언 스탠튼을 클린업트리오, 그것도 4번 타자로 기용하자는 것은 도저히 받아들일 수 없네."

팀 셔우드 감독의 태도는 단호했다.

그렇지만 태식도 순순히 물러나지 않았다.

"미련을 버려야 합니다."

"미련이라고 했나?"

"월드 시리즈 3차전까지 코리 스프링어와 티나 코르도바로 클린업트리오를 구성했지만, 보스턴 레드삭스에게 전혀 위협이 되지 못했습니다."

"그렇긴 하지만……."

"이제는 더 기다려 줄 시간과 기회가 없습니다."

태식이 살짝 언성을 높였다.

코리 스프링어 혹은 티나 코르도바에게 4번 타자를 맡기겠다고 고집하는 팀 셔우드 감독을 비난할 수는 없었다.

두 선수는 올 시즌 내내 샌디에이고 파드리스의 클린업트리오에 배치되어 좋은 활약을 펼쳤기 때문이다.

감독의 입장에서는 두 선수에게 꾸준히 믿음을 주는 것이 어쩌면 당연한 일이었다.

그러나 지금은 비상시국이었다.

1패만 더 하면 월드 시리즈 우승을 보스턴 레드삭스에게 넘겨 줘야 하는 상황인 만큼, 두 선수의 타격감이 부활할 것을 믿고 마냥 기다릴 수는 없는 노릇이었다.

"재고해 주시죠."

"이건 양보할 수 없다니까!"

팽팽한 대치 국면을 형성하며 대화의 간극은 좀처럼 좁혀지지 않았다.

'논리적으로 접근해야 해!'

그로 인해 답답함을 느끼던 태식이 작전을 바꾸었다.

지금 필요한 것은 팀 셔우드 감독을 설득하는 것이었다. 그리고 그를 설득하기 위해서는 감정을 앞세워서는 안 됐다.

철저하게 논리적으로 접근해야 했다.

"브라이언 스탠튼에게 4번 타순을 맡기려는 데는 분명한 이유가 있습니다."

해서 태식이 힘주어 말했다.

"그 이유가 대체 뭔가?"

"미지수이기 때문입니다."

"미지수?"

팀 셔우드 감독이 의아한 시선을 던진 순간, 태식이 설명을 더했다.

"티나와 코리는 이미 분석이 많이 된 상황입니다. 반면 브라이언은 아직 분석이 제대로 이루어지지 않았습니다."

"그야… 그렇지."

브라이언 스탠튼은 맷 부쉬가 부상으로 이탈한 후 정규 시즌 막바지부터 본격적으로 경기에 출전하기 시작했다.

게다가 태식이 우익수를 맡는 빈도가 늘어나면서 그의 경기 출전 빈도는 많지 않았다.

덕분에 브라이언 스탠튼은 아직 제대로 분석이 되지 않은 상태였다.

여기까지는 팀 셔우드 감독도 수긍했다.

그렇지만 그는 여전히 탐탁찮은 기색을 드러냈다.

"고작 그 이유만으로 팀의 4번 타자로 출전시킬 수는 없네."

"적어도 혼란은 줄 수 있습니다."

"혼란?"

"왜 코리와 티나가 아니라 브라이언이 4번 타자로 출전했을까? 알렉시스 코라 감독 역시 이런 의구심을 품을 겁니다."

"당연히 그렇겠지."

"그렇지만 답을 찾기는 힘들 겁니다."

"팀을 이끄는 감독인 나조차도 반대하는 상황인데, 상대팀 감독인 알렉시스 코라가 브라이언이 4번 타자로 출전한 이유를 찾긴 힘들겠지."

"그래서 방심의 허를 찌를 수 있습니다."

"방심의 허를 찌른다?"

"비록 정확한 분석은 이뤄지지 않았지만, 브라이언이 타석에서 남긴 기록은 알고 있을 겁니다."

메이저리그로 콜업된 후 브라이언 스탠튼은 타석에서 극도로 부진한 모습을 보였다.

물론 샌디에이고 파드리스의 지구 우승을 확정시키는 결정적인 안타를 터뜨렸지만, 딱 거기까지였다.

브라이언 스탠튼은 메이저리그 콜업 후, 1할에도 훨씬 미치지 못하는 낮은 타율을 기록하고 있었다.

모르긴 몰라도 보스턴 레드삭스의 알렉시스 코라 감독은 이렇게 낮은 타율을 기록하는 브라이언 스탠튼을 월드 시리즈라는 큰 무대에서 4번 타자로 기용한 이유에 대해서 필사적으로 고민할 터였다.

그런 그가 결국 찾아낼 답은 도박이었다.

지구 우승이 걸려 있었던 정규 시즌 최종전에서 브라이언 스탠튼이 결정적인 안타를 때려냈던 향수를 잊지 못하고 던진 팀 셔우드 감독의 도박 수.

이렇게 판단할 가능성이 높았다.

물론 오판이었다.

태식이 브라이언 스탠튼을 4번 타순에 기용해야 한다고 계속 고집하는 데는 다른 이유가 있었기 때문이다.

"결국 목표는… 선취점입니다."

"내 말이 바로 그것이네. 선취점을 올릴 수 있는 확률을 높이기 위해서는 브라이언보다는 티나와 코리를 기용해야 하지."

"반대입니다."

"……?"

"티나와 코리는 작전 수행 능력이 뛰어나지 않습니다."

"그건……."

"결국 확률 싸움입니다."

"확률 싸움?"

"1사 3루에서 큼지막한 외야플라이를 쳐서 득점을 올리는 확률과 스퀴즈로 득점을 올리는 확률. 둘 중 어느 쪽이 높을 것 같습니까?"

태식의 의도를 알아챘을까.

팀 셔우드 감독이 고민에 잠긴 순간, 태식이 덧붙였다.

"모로 가도 서울만 가면 된다는 한국 속담이 있습니다."

"모로 가도 서울만 가면 된다?"

"수단과 방법을 가리지 않고 선취점을 올리는 것이 중요하다는 뜻이죠."

스퀴즈 작전의 성공 여부에 있어서 가장 중요한 것.

작전이 미리 노출되지 않아야 한다는 점이었다.

그것을 위해서는 연기가 필요했다.

스윽.

브라이언 스탠튼과 하스 험브리의 대결이 시작되기 직전, 태식이 3루 베이스와의 거리를 벌리기 시작했다.

'한 걸음 더?'

욕심이 났다.

스퀴즈 작전의 성패는 딱 한 걸음에 갈리는 경우가 태반이었기 때문이다.

그러나 태식은 애써 그 유혹을 참아냈다.

하스 험브리의 시선이 3루 쪽으로 향한 순간, 태식은 오히려

3루 베이스 쪽으로 중심을 이동했다.

그것을 확인한 하스 험브리는 1루 주자인 호세 론돈에게 집중하기 시작했다.

도루를 시도할 것을 염두에 두고 있었기 때문이다.

쉬이익.

"세이프!"

하스 험브리가 견제구를 던져서 호세 론돈을 묶어두기 위해 노력하는 것을 확인한 태식이 상대의 의중을 알아챘다.

'병살을 노린다!'

슈악!

하스 험브리가 초구를 던진 순간, 잔뜩 집중하고 있던 태식이 지체하지 않고 스타트를 끊으면서 홈으로 파고들었다.

타다닷.

틱. 데구르르.

뒤늦게 스퀴즈 작전임을 간파한 하스 험브리가 브라이언 스탠튼의 번트 타구를 처리하기 위해 대시했다.

글러브로 포구한 후 포수에게 송구하면 늦는다고 판단해서일까.

하스 험브리는 글러브로 타구를 낚아내자마자 바로 포수에게 토스했다.

쐐애액!

태식이 헤드 퍼스트 슬라이딩을 감행한 것과 포수가 토스 받은 공이 들어 있는 미트로 태그를 한 것은 거의 동시였다.

"세이프!"

태식의 왼손이 홈베이스를 터치한 것이 태그보다 더 빨랐다고 판단한 주심이 세이프를 선언했다.

'됐다!'

첫 번째 목표인 선취점.

그 목표를 달성하는 데 성공한 태식이 속으로 쾌재를 불렀다.

그러나 아직 끝이 아니었다.

태식이 재빨리 고개를 돌렸다.

타다닷.

1루 주자였던 호세 론돈은 2루에서 멈추지 않았다.

홈에서 아슬아슬한 승부가 펼쳐지는 것을 확인하자마자, 3루로 내달렸다.

포수인 크리스티안 바스케스가 그것을 캐치하고 바로 3루로 송구했다.

홈에 이어서 3루에서도 아슬아슬한 승부가 펼쳐졌다.

그러나 조금의 머뭇거림도 없이 3루로 내달린 호세 론돈의 과감함이 세이프 판정을 이끌어냈다. 그리고 브라이언 스탠튼도 기회를 놓치지 않았다.

홈에 이어 3루에서 승부가 펼쳐지는 것을 확인하자마자, 빠른 발을 뽐내면서 2루까지 안착했다.

"첫 번째 목표는… 달성했군!"

선취점을 올리는 것.

월드 시리즈 4차전에서 팀 셔우드가 세웠던 첫 번째 목표였다.

그 목표를 달성하는데 성공했지만, 팀 셔우드는 웃지 못했다.

환하게 웃기에는 아직 너무 이르다는 생각이 들었기 때문이다.

"결과적으로는… 김태식이 옳았군!"

브라이언 스탠튼을 4번 타자로 기용했던 데는 김태식이 강하게 주장했던 것이 영향을 미쳤다.

그렇지만 무조건 김태식의 의견을 따랐던 것은 아니었다.

김태식의 끈질긴 설득에 팀 셔우드가 납득했던 것이다.

오늘 경기 4번 타자로 출전했던 브라이언 스탠튼이 타석에 섰을 때는 1사 1, 3루 상황이었다.

'만약 코리 스프링어를 4번 타순에 기용했다면?'

팀 셔우드는 작전 지시를 펼치지 않았을 것이다.

코리 스프링어가 큼지막한 외야플라이를 쳐주기를 막연하게 바라고 있었을 터였다. 그리고 코리 스프링어의 침체된 타격감을 감안하면 외야플라이를 때려냈을 가능성은 그리 높지 않았다.

"작전을 수행할 능력이 있습니다."

브라이언 스탠튼을 4번 타순에 기용하는 것에 대해 심사숙고했던 팀 셔우드의 마음을 돌렸던 김태식의 결정적인 한마디였다.

그리고.

브라이언 스탠튼은 스퀴즈 작전을 멋들어지게 적중시키면서

3루 주자였던 김태식을 홈으로 불러들이는 데 성공했다.

그뿐이 아니었다.

1루 주자였던 호세 론돈이 3루까지 내달리는 사이, 타자 주자였던 브라이언 스탠튼도 빠른 발을 이용해서 2루까지 내달렸다.

발이 느린 코리 스프링어였다면 절대 불가능했을 주루 플레이.

덕분에 병살 위험은 사라진 셈이었다.

1사 2, 3루의 찬스가 이어지는 가운데 타석에 등장한 것은 티나 코르도바였다.

"후우!"

티나 코르도바가 타석에 들어선 순간, 팀 셔우드가 크게 숨을 내쉬었다.

비록 첫 번째 목표였던 선취점을 올리는데 성공했지만, 아직 만족하기는 일렀다.

절호의 득점 찬스가 이어지고 있는 것을 어떻게든 살리고 싶었다.

슈악!

하스 험브리가 초구를 던진 순간, 팀 셔우드가 참지 못하고 자리에서 벌떡 일어났다.

틱! 데구르르.

티나 코르도바가 번트를 댄 순간, 팀 셔우드가 혀를 내밀어 바싹 마른 입술을 적셨다.

번트에 익숙하지 않은 티나 코르도바였지만, 그는 번트를 성공시켰다.

경기 전에 집중적으로 했던 번트 훈련이 나름의 효과를 발휘한 셈이었다.

타다닷.

3루 주자였던 호세 론돈이 맹렬히 홈으로 파고들었다.

두 타자 연속 스퀴즈 작전은 예상치 못했기 때문일까.

보스턴 레드삭스 수비진은 빠르게 대처를 하지 못하고 허둥댔다.

3루수인 더스틴 페드로이아의 대시는 늦었다.

그 사실을 알고 있는 더스틴 페드로이아가 글러브로 포구하자마자 포수에게 토스하려 시도했지만, 너무 서두르는 바람에 공을 완벽히 포구하지 못했다.

툭!

글러브 속으로 완벽하게 포구하지 못한 공이 바닥에 떨어졌고, 그사이 호세 론돈은 여유 있게 홈으로 파고들었다.

그 모습을 확인한 더스틴 페드로이아는 타자 주자인 티나 코르도바를 잡아내기 위해서 1루로 송구하려 했다.

그러나 공을 한번 더듬었던 탓에 타이밍이 늦었다.

"세이프!"

전력 질주를 펼친 티나 코르도바마저 세이프가 선언됐다.

2 : 0.

스퀴즈 작전이 연속으로 성공을 거두면서 샌디에이고 파드리스는 선취점에 이어 추가 득점을 올리는 데 성공했다.

"됐다!"

팀 서우드의 입가로 비로소 미소가 떠올랐다.

잠시 뒤, 팀 서우드가 졌다는 표정으로 고개를 흔들었다.

"결과적으로는… 김태식의 말을 듣길 잘했군!"

브라이언 스탠튼의 4번 타자 기용.

월드 시리즈 4차전을 앞두고 타순 변화에 대해 김태식과 논의할 때, 가장 논쟁이 됐던 부분이었다.

실제로 논쟁 중에 거의 90% 가까운 시간을 이 부분에 대해서 할애했다.

그러나 김태식과 팀 서우드의 의견이 엇갈렸던 부분은 이게 다가 아니었다.

한 가지가 더 있었다.

바로 5번 타순이었다.

팀 서우드는 5번 타순에 코리 스프링어를 투입할 생각이었다.

올 시즌 내내 4번 타순을 맡았던 코리 스프링어를 클린업트리오에 포진시키는 것이 당연하다고 판단했기 때문이다.

또, 장타력 면에서 코리 스프링어가 티나 코르도바에 비해서는 우위에 있다는 점도 그렇게 결심했던 이유였다.

"5번 타순은 티나에게 맡기는 게 좋을 것 같습니다."

그렇지만 김태식의 의견은 달랐다.

김태식은 코리 스프링어가 아닌 티나 코르도바를 5번 타순에 배치시켜야 한다고 강하게 주장했다.

그리고.

김태식이 그런 주장을 펼쳤던 데는 두 가지 이유가 존재했다.

첫 번째 이유는 티나 코르도바의 발이 코리 스프링어보다 더 빠르다는 점이었다.

티나 코르도바의 발이 빠르기 때문에 병살 플레이가 나올 확률이 좀 더 낮다는 점을 김태식은 강조했다.

또 하나의 이유는 코리 스프링어의 분발을 촉구하기 위함이었다.

일종의 충격 요법이랄까.

자존심이 강한 코리 스프링어를 클린업트리오에서 배제시키는 것으로 그의 독기와 집중력을 끌어 올리자는 뜻이었다.

어쨌든.

5번 타순에 누구를 기용할 것인가에 대한 팀 셔우드와 김태식의 생각은 달랐다.

그렇지만 논쟁은 그리 길게 이어지지 않았다.

'누가 5번 타순에 포진하든 비슷해!'

그 이유는 팀 셔우드가 이런 생각을 갖고 있었기 때문이다.

그렇지만 막상 월드 시리즈 4차전이 시작되고 난 후, 팀 셔우드의 생각이 바뀌었다.

14. 몸에 맞는 옷

'만약 5번 타순에 코리 스프링어가 포진했다면?'

티나 코르도바처럼 능숙하게 번트를 대지 못했을 것이다.

또, 보스턴 레드삭스의 3루수인 더스틴 페드로이아의 실책성 플레이가 나왔을 때, 발이 느린 코리 스프링어였다면 1루에서 아웃이 됐을 가능성이 높았다.

'작은 차이!'

팀 셔우드는 이렇게 판단했었다. 그러나 작은 차이라고 판단했던 부분이 결과적으로는 큰 차이를 발생시켰다.

그리고 아직 끝이 아니었다.

슈악!

보스턴 레드삭스의 하스 험브리가 초구를 던진 순간, 1루 주자인 티나 코르도바가 스타트를 끊었다.

단독 도루가 아니었다.

팀 서우드가 도루 지시를 내렸던 것이다.

포수인 크리스티안 바스케스가 2루로 송구했지만, 티나 코르도바는 여유 있게 세이프가 됐다.

'먹혀들었어!'

팀 서우드가 티나 코르도바에게 도루를 지시했던 이유.

성공 가능성이 충분하다고 판단했기 때문이다.

여전히 1사 상황에서 주자가 3루에 있었다.

'또 한 번 스퀴즈 작전을 펼칠 수도 있지 않을까?'

알렉시스 코라 감독을 비롯한 보스턴 레드삭스의 배터리는 은연중에 이런 생각을 가질 수밖에 없었다.

그럴 경우를 대비해서 하스 험브리가 초구로 직구가 아니라 유인구를 던질 가능성이 높다고 판단했다.

그리고 하나 더.

'3루 주자인 브라이언 스탠튼은 발이 무척 빠른 주자인 만큼, 언제든지 홈으로 파고들 수 있다!'

보스턴 레드삭스의 포수인 크리스티안 바스케스는 은연중에 이런 경계심을 품고 있을 터였다.

해서 크리스티안 바스케스는 도루를 저지하기 위해서 2루 송구를 하기 전에 3루 주자인 브라이언 스탠튼의 움직임에 신경을 쓸 수밖에 없었다.

또, 과감하게 송구를 하지 못하고 머뭇거릴 수밖에 없었다.

게다가 티나 코르도바는 육중한 체구에 비해서 의외로 발이 빨랐다.

'도루에 성공할 수 있는 삼박자가 갖춰졌다!'

이렇게 판단했기에 팀 셔우드가 티나 코르도바에게 과감하게 도루를 지시했던 것이다.

그런 그의 판단은 적중했다.

"이제… 병살은 없다!"

팀 셔우드가 타석에 들어선 코리 스프링어에게 기대 어린 시선을 던졌다. 그리고 코리 스프링어는 기대에 부응했다.

슈아악!

딱!

타이밍이 밀린 탓에 코리 스프링어의 타격음을 둔탁했다. 그렇지만 코리 스프링어는 힘이 장사였다.

코리 스프링어가 밀어 친 타구는 예상보다 멀리 날아갔다.

우익수가 원래 수비 위치에서 타구를 잡아낸 순간, 3루 주자인 브라이언 스탠튼이 태그업을 시도했다.

타다닷.

쐐애액!

'접전!'

홈 승부가 접전이 될 거란 팀 셔우드의 예상은 빗나갔다.

브라이언 스탠튼의 발은 예상보다 더 빨랐고, 비교적 여유 있게 세이프 판정을 받았다.

3 : 0.

석 점차로 격차가 벌어진 순간, 팀 셔우드가 비로소 안도의 한숨을 내쉬었다.

"정말… 자극을 받았나?"

희생플라이를 때려낸 후 콧김을 거세게 내뿜으면서 더그아웃으로 돌아오는 코리 스프링어를 바라보던 팀 셔우드가 희미한 미소를 머금었다.

"왜… 파넬슨 레이먼일까?"

팻 메이튼이 아니라 파넬슨 레이먼을 월드 시리즈 4차전 선발 투수로 출전시킨 팀 셔우드 감독의 속내는 여전히 알 수 없었다.

그래서 답답한 표정을 짓고 있던 알렉시스 코라가 한숨을 내쉬었다.

아직 정확한 속내까지는 알아내지 못했지만, 확실한 것은 팀 셔우드 감독이 파넬슨 레이먼을 월드 시리즈 4차전 선발투수로 깜짝 기용한 게 현재까지는 성공이라는 점이었다.

0 : 3.

석 점차로 뒤진 채로 5회 말에 접어든 상황이 보스턴 레드삭스 타선이 파넬슨 레이먼 공략에 실패했다는 증거였다.

그러나 알렉시스 코라는 아직 경기를 포기하지 않았다.

'하스 험브리가 안정을 찾았어!'

경기 초반에 잇따른 스퀴즈 작전에 허를 찔리면서 3실점을 허용했던 하스 험브리는 2회부터 빠르게 안정을 되찾았다.

"후반에 접어들기 전에 한 점만 추격한다면 역전할 수 있다!"

보스턴 레드삭스의 강점 가운데 하나가 두터운 중간 계투진이었다.

더 이상 실점을 허용하지 않고 추격점을 올린다면 경기 중후반에 역전을 만들어낼 수 있는 가능성은 충분했다.

그때였다.

슈아악!

따악!

5회 말의 선두 타자인 크리트티안 바스케스가 깔끔한 중전 안타를 터뜨린 것을 확인한 알렉시스 코라의 표정이 밝아졌다.

타순이 이미 한 바퀴 돈 상황.

타자들의 눈에 파넬슨 레이먼의 공이 익기 시작했다.

더구나 상위 타선으로 이어지는 타순도 좋았다.

해서 기대에 찬 시선을 던지던 알렉시스 코라가 고개를 갸웃했다.

타임을 요청하고 마운드로 걸어 올라가고 있는 팀 셔우드 감독을 발견했기 때문이다.

"왜… 올라가는 거지?"

4이닝 무실점.

월드 시리즈 4차전에 깜짝 선발투수로 등장한 파넬슨 레이먼의 오늘 현재까지의 투구는 무척 좋았다.

5회 말에 접어들며 선두 타자인 크리스티안 바스케스에게 안타를 내주며 출루를 허용했지만, 그게 다였다.

그래서 팀 셔우드 감독이 마운드를 방문하는 이유를 알기 어려웠다.

"교체?"

잠시 뒤 알렉시스 코라가 두 눈을 치켜떴다.

마운드를 방문했던 팀 셔우드 감독이 투수 교체를 선택했기 때문이다.

"왜… 벌써 교체하는 거지?"

파넬슨 레이먼의 구위는 분명히 나쁘지 않았다.

게다가 아직 투구 수도 70개에 미치지 못했다.

아무리 생각해 봐도 너무 빠른 투수 교체 타이밍이었다.

"파넬슨 레이먼을 내리고 누구를 올리려는 거지?"

알렉시스 코라의 눈에 마운드로 걸어 올라오는 투수가 보였다.

잠시 뒤, 알렉시스 코라가 의외라는 표정을 지었다.

"카일 맥그리스?"

"왜 팻 메이튼 대신 파넬슨 레이먼을 투입하자는 건가?"

그날의 논쟁은 타순 조정에서 끝나지 않았다.

마운드 운용에서도 치열한 논쟁이 벌어졌었다.

당시 팀 셔우드 감독은 불만 섞인 표정으로 이런 질문을 던졌었다.

팻 메이튼과 파넬슨 레이먼.

구위와 성적.

이 두 가지 측면 모두 팻 메이튼이 파넬슨 레이먼에 비해 우위에 있다고 팀 셔우드 감독이 판단하고 있기 때문이다.

그리고 하나 더.

이미 3연패를 당한 샌디에이고 파드리스는 1패만 더하면 월드 시리즈 우승을 놓치는 상황에 처해 있었다.

일단은 선취점, 그 다음은 1승이 급한 상황이었다.

그런데 팻 메이튼이 아니라 파넬슨 레이먼을 월드 시리즈 4차전 선발투수로 투입하자는 태식의 주장을 납득하지 못했기 때문이다.

"총력전을 펼치기 위함입니다."

당시 태식이 꺼냈던 대답이었다. 그리고 빈말을 했던 것이 아니었다.

팻 메이튼 대신 파넬슨 레이먼을 월드 시리즈 4차전 선발투수로 투입하자고 주장했던 이유는 마운드 운용에서도 총력전이 필요했기 때문이다.

"우리 팀은 두 명의 좋은 투수를 활용하지 못하고 방치하고 있어."

태식이 가장 안타까웠던 부분이었다.

4선발 체제.

지구 우승을 목표로 4선발 체제라는 승부수를 띄우는 과정에서 파넬슨 레이먼과 미구엘 디아즈는 선발진에서 탈락했다.

팀 셔우드 감독은 파넬슨 레이먼과 미구엘 디아즈를 불펜 투수로 활용하는 계획을 세웠었다.

그러나 그가 세운 계획은 빗나갔다.

보직이 바뀌었기 때문일까.

파넬슨 레이먼과 미구엘 디아즈가 경기 도중에 불펜 투수로 출전할 때마다 불안한 모습을 보였기 때문이다.

그런 패턴이 반복되다 보니 팀 셔우드 감독은 파넬슨 레이먼과 미구엘 디아즈를 불펜 투수로도 투입하지 않았다.

결국 파넬슨 레이먼과 미구엘 디아즈는 아예 출전 기회를 잃어버렸다. 그리고 태식은 이것이 너무 안타깝고 또 아쉬웠다.

'파넬슨 레이먼과 미구엘 디아즈를 활용할 수 있는 방법이 없을까?'

해서 이 부분에 대해서 계속 고민했고, 태식이 찾은 방법은 몸에 맞는 옷을 다시 입혀주는 것이었다.

다행이 팀 셔우드 감독은 고집을 꺾고 태식의 주장을 받아들였다. 그리고 선택의 결과는 성공적이었다.

선발투수 파넬슨 레이먼과 불펜 투수 파넬슨 레이먼은 달랐다.

마치 다른 선수처럼 느껴질 정도였다.

몸에 맞는 옷을 걸친 것처럼 월드 시리즈 4차전의 선발투수로 출전한 파넬슨 레이먼은 호투를 펼쳤다.

4이닝 무실점.

"투수 교체!"

비교적 이른 교체였지만, 태식이 판단하기에 파넬슨 레이먼은 자신에게 맡겨진 역할을 충분히 해낸 셈이었다.

파넬슨 레이먼의 뒤를 이어 마운드에 오른 것은 카일 맥그리스.

슈악!

"스트라이크아웃!"

그리고 카일 맥그리스는 태식과 팀 셔우드 감독의 기대에 부응했다.

특이한 투구 폼을 과시하면서 좌타자에 강한 면모를 유감없이 발휘했다.

"스트라이크아웃!"

카일 맥스리스는 보스턴 레드삭스의 상위 타선에 포진한 타자들을 잇따라 헛스윙 삼진으로 돌려세웠다.

"이길 수 있다!"

마운드에 오른 후 세 명의 타자를 모두 삼진으로 돌려세우고 주먹을 불끈 쥔 채 더그아웃으로 돌아가는 카일 맥그리스를 바라보던 태식의 표정이 밝아졌다.

슈악!

딱!

헨리 라미네즈의 타구는 높이 솟구쳤다.

그러나 멀리 뻗지는 못했다.

샌디에이고 파드리스의 좌익수가 원래 수비 위치에서 앞으로 세 걸음 가량 전진한 위치에서 타구를 잡아내며 경기는 끝이 났다.

최종스코어 0 : 3.

월드 시리즈 4차전의 패배가 확정된 순간, 알렉시스 코라가 눌러 쓰고 있던 모자를 벗고 머리를 긁적였다.

"월드 시리즈 우승은… 내일로 미뤄야겠군!"

기왕이면 4차전에서 우승을 확정하고 싶었다.

그러나 야구는 뜻대로 되는 것이 아니었다.

선발투수의 면면, 불펜 투수진의 두께와 깊이, 팀 분위기 등등.

모든 면에서 우위를 점하고 있었던 것은 보스턴 레드삭스였다.

그렇지만 월드 시리즈 4차전에서 승리를 거둔 것은 샌디에이고 파드리스였다.

"괜찮아!"

비록 오늘 경기에서 패했지만 시리즈 전적에서 3승 1패로 여전히 보스턴 레드삭스가 앞서고 있었다.

남은 세 경기 가운데 1승만 더 거둔다면 월드 시리즈 우승을 차지할 수 있는 만큼, 여전히 압도적으로 유리한 상황이었다.

해서 담담한 표정으로 감독석에서 일어섰던 알렉시스 코라가 더그아웃을 떠나기 직전에 멈칫했다.

"왜 이렇게… 찝찝하지?"

월드 시리즈 4차전에서 패배가 확정된 순간, 명확한 이유를 찾을 수 없는 묘한 불안감이 깃들었다.

그 이유에 대해 고민하던 알렉시스 코라가 결국 답을 찾지 못한 채 더그아웃을 빠져나갔다.

*　　　　*　　　　*

김태식과 미구엘 디아즈.

월드 시리즈 5차전을 앞두고 팀 셔우드 감독이 고민에 잠겼던 선발 카드였다.

로테이션 상으로는 김태식이 출전하는 것이 옳았다.

또, 김태식은 올 시즌 내내 샌디에이고 파드리스의 에이스 역할을 도맡았었다.

그런 만큼 김태식을 월드 시리즈 5차전의 선발투수로 내보내는 것이 당연하다고 팀 셔우드는 생각했다.

그렇지만 팀 셔우드가 고민에 빠진 이유는 다름 아닌 김태식 본인이 월드 시리즈 5차전 선발투수로 출전하는 것을 고사했기 때문이다.

"미구엘 디아즈가 5차전에 선발투수로 출전하는 것이 옳은 것 같습니다."

김태식이 꺼낸 말이었다.

물론 팀 셔우드는 순순히 그 말을 받아들이지 않았다.

말도 안 되는 소리라고 생각했기 때문이다.

1패만 더 하면 월드 시리즈 우승이 물 건너가는 것이 샌디에이고 파드리스의 상황.

그러니 월드 시리즈 5차전에 팀에서 가장 믿을 수 있는 에이스인 김태식을 투입하는 게 당연한 것이었다.

"왜 미구엘 디아즈인가?"

"아까우니까요."

"아깝다?"

"4차전에서 이미 확인하셨지 않습니까?"

"뭘 말인가?"

"파넬슨 레이먼과 미구엘 디아즈 말입니다. 이번 시리즈에 투입하지 않기에는 너무 아까운 투수들입니다."

팀 셔우드가 반박하지 못하고 고개를 끄덕였다.

월드 시리즈 4차전에 파넬슨 레이먼을 깜짝 선발투수로 내보냈던 것은 결과적으로 성공을 거두었다.

4이닝 무실점.

파넬슨 레이먼은 완벽에 가까운 투구를 펼쳤다.

물론 가정일 뿐이지만, 예정대로 팻 메이튼을 선발투수로 투입했다고 하더라도 파넬슨 레이먼보다 좋은 투구를 펼쳤을 가능성은 낮았다.

"혹시… 7차전을 염두에 두고 있는 건가?"

팀 셔우드가 한숨을 내쉬며 묻자, 김태식이 대답했다.

"그렇습니다."

"너무… 멀리 보는 것이 아닐까?"

시리즈 전적 0승 3패로 몰렸을 때, 먼 목표가 아니라 가까운 목표를 설정하는 방법으로 부진 탈출을 도모했다.

그 방법은 효과가 있었다.

첫 번째 목표였던 선취점을 올리는데 성공했고, 그 선취점을 끝까지 지켜내면서 월드 시리즈 4차전을 잡아내고 기사회생 할 수 있었으니까.

그런데 미구엘 디아즈를 월드 시리즈 5차전의 선발투수로 투입하자는 김태식이 펼친 주장은 7차전을 염두에 두고 한 발언이었다.

"당장 5차전에 패하면 월드 시리즈 우승의 꿈은 수포로 돌아가네."

"저도 알고 있습니다."

"그러니 자네가 5차전의 선발투수로 나서는 게 맞지 않은가?"

"상황이 달라졌습니다."

"상황이 달라졌다?"

"네."

"어떻게 상황이 달라졌다는 건가?"

"저희가 4차전에서 승리를 거둔 덕분에 시리즈의 분위기가 미묘하게 바뀌었습니다. 흡사 지구 우승을 놓고 LA 다저스와 다투던 정규 시즌 막바지처럼 변했습니다."

"쫓기는 것은 보스턴 레드삭스다?"

"그렇습니다."

팀 서우드가 고개를 끄덕인 순간, 김태식이 덧붙였다.

"보스턴 레드삭스의 알렉시스 코라 감독은 아직 방심하고 있을 겁니다. 마치 LA 다저스의 데이빗 로버츠 감독처럼."

15. 순서의 문제

1승이 필요했다.

그 목표를 어렵게 달성한 순간, 태식이 본 것은 희망이었다.

단순한 1승이 아니었다.

월드 시리즈에서 거둔 1승이기에 샌디에이고 파드리스 선수들은 잃어버렸던 자신감을 찾을 수 있는 단초를 얻었다

그게 다가 아니었다.

샌디에이고 파드리스의 월드 시리즈 4차전 승리에는 중요한 세 가지 의미가 더 있었다.

우선 효용 가치를 잃어버린 채 엔트리만 차지하고 있던 두 명의 좋은 투수를 활용할 수 있는 방법을 찾았다.

파넬슨 레이먼과 미구엘 디아즈.

선발투수로 투입하면 충분히 제 몫을 해낼 수 있는 좋은 투

수들이었다.

그들을 활용하면 팻 메이튼과 카일 맥그리스를 불펜 투수로 투입해서 마운드의 허리를 두텁게 할 수 있었다.

실제로 월드 시리즈 4차전에서는 그 효과가 드러났다.

파넬슨 레이먼과 카일 맥그리스가 이어 던지면서 7회까지 보스턴 레드삭스의 타선을 완벽하게 막아냈고, 토니 그레이와 히스 벨이 각각 8회와 9회를 책임지면서 무실점으로 경기를 마무리했다.

현 시점에서는 가장 이상적인 마운드 운용법을 찾은 셈이었다.

또 하나의 의미는 더 이상 끌려다니지 않게 되었다는 점이었다.

무색 무미의 야구.

월드 시리즈 3차전까지 졸전 끝에 패배했던 샌디에이고 파드리스의 야구에 대해 내려졌던 가혹한 평가였다.

그러나 그 가혹한 평가를 부인하기 어려웠다.

젊은 패기를 앞세운 짜임새 있는 공수!

이것이 지구 우승을 차지하고 월드 시리즈에 진출할 때까지 샌디에이고 파드리스가 선보였던 야구의 색깔이었다.

그렇지만 월드 시리즈에 진출한 후에는 전혀 그 색깔을 드러내지 못했다.

공수 양면에서 모두 무기력한 플레이들을 쏟아내면서 아무것도 보여준 것 없이 패배가 쌓였었는데.

월드 시리즈 4차전에서 샌디에이고 파드리스는 마침내 색깔을 드러냈다.

물론 완벽하게 예전의 모습과 색깔을 되찾은 것은 아니었다.

그렇지만 지난 세 경기와 비교하면 훨씬 짜임새가 있고 콤팩트한 야구를 선보였다.

'만약 예전의 모습을 완벽하게 되찾을 수만 있다면?'

기적에 가까운 16연승을 달릴 때처럼 남은 세 경기를 모두 잡고 역전 우승을 차지할 수 있다는 희망이 생겼다.

마지막은 심리적인 부분이었다.

월드 시리즈에서 3연승을 내달리다가 일격을 당한 보스턴 레드삭스의 감독과 선수들은 심리적인 타격을 입을 수밖에 없었다.

쫓기는 입장이 되었으니 초조할 수밖에 없었고.

반면 샌디에이고 파드리스는 추격자 입장이 됐다. 그리고 이미 한 차례 비슷한 경험을 한 적이 있었다.

바로 LA 다저스와 지구 우승을 다투었던 정규 시즌 막바지였다.

모두가 불가능하다고 단언했던 지구 우승.

그렇지만 샌디에이고 파드리스는 무려 9연승을 내달리면서 결국 불가능하다고 여겨졌던 지구 우승을 차지했었다.

당시의 경험은 분명히 지금의 위기를 타개하는 데 큰 자산이 될 터였다.

"만약 5차전까지 승리한다면… 우리가 유리해집니다."

*   *   *

월드 시리즈 5차전.

시리즈 전전 3승 1패로 앞서고 있는 보스턴 레드삭스는 크리스 세일을 선발투수로 내세웠다.

홈에서 열리는 5차전에서 월드 시리즈 우승을 확정하기 위해서 보스턴 레드삭스는 팀의 에이스를 내세운 것이었다.

반면 샌디에이고 파드리스는 팀의 에이스인 김태식이 아니라 미구엘 디아즈를 선발투수로 내세웠다.

월드 시리즈 4차전에서 팻 메이튼이 아니라 파넬슨 레이먼을 선발투수로 출선시켰던 것에 이어서 5차전 역시 감히 예상치 못했던 깜짝 선발투수 기용이었다.

"재미가 들렸네요."

샌디에이고 파드리스의 선발 라인업을 확인한 송나영이 입을 뗐다.

4차전에서 팻 메이튼 대신 파넬슨 레이먼을 선발투수로 기용해서 이미 한차례 재미를 본 적이 있는 팀 셔우드 감독이었다.

그래서 또 한 번 도박을 했다는 생각이 들었기 때문에 꺼낸 말이었다.

그러나 유인수의 생각은 달랐다.

"도박에 재미가 들린 게 아니야."

"그럼요?"

"확률을 높일 수 있는 방법을 찾은 거야."

유인수가 꺼낸 대답이 제대로 이해가 가지 않았다.

김태식과 미구엘 디아즈.

성적과 경험.

어느 면으로 보더라도 김태식이 압도적으로 우위에 있었다.

그런데 미구엘 디아즈를 월드 시리즈 5차전의 선발투수로 기용한 팀 셔우드 감독의 결단이 확률을 높일 수 있는 방법은 아니었다.

오히려 반대라는 생각이 들었다.

그래서 송나영이 의아한 시선을 던질 때였다.

"보스턴 레드삭스의 장점이 뭐라고 생각해?"

"뒷문이죠."

크랙 킴브렐과 데이빗 프라이스.

수준급 마무리 투수 두 명을 보유하면서 더블 스토퍼를 구축한 것이 보스턴 레드삭스의 최대 강점이었다.

해서 송나영이 망설이지 않고 대답했지만, 유인수는 틀렸다는 듯이 고개를 흔들었다.

"그게 다가 아냐."

"네?"

"중간 계투진도 두텁지."

"그건 그렇죠."

릭 포스만과 에스먼 매덕스.

두 명의 필승조를 앞세운 보스턴 레드삭스의 중간 계투진 역시 아메리칸 리그 최강이라고 평가받고 있었다.

"정면 대결을 택했어!"

"정면 대결이요?"

"그래. 이게 팀 셔우드 감독의 생각이야."

"대체 무슨 소리에요?"

"미구엘 디아즈에게 최소 3이닝, 최대 5이닝을 맡길 거야. 그리고 미구엘 디아즈가 조금이라도 흔들리는 기미가 보이면 바로 팻 메이튼을 투입할 거야."

"팻 메이튼이요?"

"그래."

"왜요?"

"버리기는 아깝잖아."

"……?"

"순서가 중요해."

"순서가 중요하다?"

"팻 메이튼을 선발투수로 투입하고 미구엘 디아즈를 경기 중간에 투입하는 것은 효과가 없다는 것이 이미 증명됐어."

송나영이 고개를 끄덕였다.

파넬슨 레이먼과 미구엘 디아즈.

4선발 체제를 운용하기 시작한 후, 두 명의 투수는 주로 불펜 투수로 활용됐다.

그렇지만 불펜 투수로 경기에 출전했을 때, 두 투수는 성적과 투구 내용이 모두 좋지 않았다.

"4차전에서 팻 메이튼이 아니라 파넬슨 레이먼을 선발투수로 기용했던 것도 마찬가지 이유였어."

"그럼……?"

"파넬슨 레이먼과 미구엘 디아즈를 활용할 방법을 찾은 거야. 미구엘 디아즈에 이어 팻 메이튼, 토니 그레이와 앤디 콜, 하스 벨이 차례로 투입되는 수순이라면 어떤 것 같아?"

"강하네요."

"보스턴 레드삭스의 두터운 중간 계투진과 비교해도 손색이 없지."

비로소 아까 유인수가 썼던 정면 대결이라는 표현이 이해가 갔다. 그렇지만 여전히 송나영의 의문이 다 풀린 것은 아니었다.

"더 쉬운 방법이 있잖아요."

"무슨 방법?"

"김태식 선수가 완봉승을 거두는 것이요."

송나영이 대답했지만, 유인수는 고개를 흔들었다.

"지난번에 내가 했던 말, 기억해?"

"어떤 말이요?"

"팀 셔우드 감독이 보스턴 레드삭스의 알렉시스 코라 감독의 작전을 벤치마킹한 것 같다고 말했잖아."

당시의 기억을 떠올리는데 성공한 송나영이 입을 뗐다.

"기억해요. 그런데 왜 그 얘길 하시는 건데요?"

"월드 시리즈 2차전에 보스턴 레드삭스의 알렉시스 코라 감독은 2선발인 에두아르드 로드리게스가 아니라 헥터 볼케즈를 선발투수로 내세웠어. 그 이유가 뭐였어?"

"헥터 볼케즈의 타격 능력을 활용하기 위함이었죠."

"맞아. 팀 셔우드 감독도 비슷한 계산을 한 거야."

"비슷한… 계산이요?"

"팀 셔우드 감독은 김태식을 6차전 혹은 7차전에 기용할 계획이야. 그래야 김태식의 활용도를 최대한 높일 수 있거든."

"투타 모두에서 활용하려고 한다?"

"이제야 이해한 것 같군."

유인수의 말대로였다.

송나영은 비로소 유인수가 하려는 말을 제대로 이해할 수 있었다.

월드 시리즈 5차전은 보스턴 레드삭스의 홈구장에서 열렸다.

규정 상 아메리칸 리그 룰을 따라야 했기 때문에 투수가 타석에 들어서는 대신 지명타자가 출전했다.

즉, 김태식이 선발투수로 나선다면 타석에 들어설 수 없었다.

샌디에이고 파드리스 공격의 핵심인 김태식이 타선에서 빠진다면 커다란 손실인 것을 부인할 수 없었다.

그래서 팀 셔우드 감독은 김태식이 아닌 미구엘 디아즈를 선발투수로 출전시킨 것이었다.

"치열하네요."

잠시 뒤 송나영이 혀를 내둘렀다.

그라운드에서 펼쳐지는 선수들의 경기만 치열한 것이 아니었다.

감독들의 지략 대결도 치열하게 펼쳐지고 있었다.

"이제 관건은 하나야."

"뭐죠?"

"6차전 혹은 7차전에 김태식이 출전할 수 있는 기회가 찾아오느냐 여부지."

*   *   *

"시작이 중요해."

월드 시리즈 5차전에 샌디에이고 파드리스의 선발투수로 출전하는 미구엘 디아즈는 젊은 선수였다.

아직 경험이 많지 않은 만큼 월드 시리즈라는 큰 무대의 선발투수로 출전하는 만큼, 잔뜩 긴장하고 있을 터였다.

경기 초반에 샌디에이고 파드리스 타선이 선취점을 뽑아낸다면, 미구엘 디아즈는 어느 정도 여유를 찾을 수 있으리라.

그 이유만이 아니었다.

4차전 승리로 한숨 돌리긴 했지만, 아직 샌디에이고 파드리스 젊은 선수들은 자신감을 완전히 회복하지 못한 상태였다.

자신감을 완전히 되찾기 위해서는 경기 초반에 선취점을 올리는 것이 필요했다.

그리고 하나 더.

보스턴 레드삭스의 선수들은 쫓기는 입장이었다.

선취점을 뽑아낸다면 더 강하게 압박할 수 있었고, 그로 인해 실책을 하면서 스스로 무너질 수도 있었다.

'수비 위치는 원래대로야.'

4차전과는 달랐다.

보스턴 레드삭스의 1루수와 3루수는 정상적인 수비 위치에 서 있었다.

'기습 번트는 어려워!'

그러나 태식이 언제든지 기습 번트를 시도할 것이라고 판단해서 잔뜩 대비하고 나왔을 가능성이 높았다.

'정상적인 타격!'

4차전과 5차전은 또 달랐다.

4차전에서 잇따라 펼쳤던 스퀴즈 작전이 먹혀들었던 데는 기습적인 작전인 탓에 보스턴 레드삭스 수비진이 허둥댔던 것이 컸다.

그러나 이미 예방주사를 맞은 상황.

5차전에서도 똑같은 방식이 먹혀들 가능성은 낮았다.

슈악!

크리스 세일이 초구를 던졌다.

바깥쪽 낮은 코스로 형성된 슬라이더를 태식이 그대로 지켜보았다.

"볼!"

그리고 2구째.

슈악!

크리스 세일은 몸 쪽 높은 코스로 형성되는 커브를 던졌다.

그렇지만 태식은 이번에도 배트를 내밀지 않고 지켜보았다.

너무 높다고 판단했기 때문이다.

"볼!"

'조심스럽다!'

크리스 세일이 던진 두 개의 공을 상대한 태식이 떠올린 생각이었다.

투 볼 노 스트라이크.

그로 인해 유리한 볼카운트로 바뀐 순간, 태식이 배트를 고쳐 쥐었다.

유인구를 더 던지기는 어려웠다.

크리스 세일은 어떻게든 스트라이크를 넣으려 할 것이었다.

'바깥쪽 승부!'

슈아악!

태식의 예상대로였다.

크리스 세일은 3구째로 바깥쪽 직구를 던졌다.

배트를 휘두르던 태식이 도중에 멈춰 세웠다.

'낮아!'

너무 낮다고 판단했기 때문이다.

"볼!"

태식의 배트가 돌지 않았다고 판단한 주심은 볼을 선언했다.

쓰리 볼 노 스트라이크.

'하나 기다릴까?'

볼카운트가 더 유리하게 바뀐 순간, 태식이 잠시 고민했다.

리드오프인 태식을 상대로 잇따라 세 개의 볼을 던진 크리스 세일은 고개를 갸웃거리고 있었다.

마치 제구가 뜻대로 되지 않는 것처럼.

해서 그냥 기다릴까에 대해서도 고민했지만, 태식은 이내 마음을 고쳐먹었다.

크리스 세일은 보스턴 레드삭스의 에이스였다.

여기서 공을 하나 기다렸다가 쓰리 볼 원 스트라이크가 되면, 또 상황이 어떻게 변하게 될지 몰랐다.

'비슷하면 나간다!'

쓰리 볼 노 스트라이크 상황이 아니라 풀카운트 상황처럼 타석에 임하기로 결정한 태식이 잔뜩 몸을 웅크렸다.

슈아악!

크리스 세일이 던진 4구째 공은 바깥쪽 직구.

'높다!'

스트라이크존을 통과하지만 살짝 높다는 것을 파악한 태식이 망설이지 않고 배트를 휘둘렀다.

따악!

경쾌한 타격음과 함께 타구가 뻗어나갔다.

큰 타구임을 직감한 좌익수가 전력 질주해서 펜스 플레이를 대비했다. 그러나 태식이 때린 타구는 펜스를 살짝 넘기고 떨어졌다.

선제 솔로 홈런.

홈런이 된 것을 확인한 태식이 주먹을 불끈 움켜쥔 채 천천히 그라운드를 돌기 시작했다.

표정이 어두워진 크리스 세일을 확인한 태식이 속으로 생각했다.

'이길 수 있다!'

16. 빚을 갚고 싶습니다

0 : 1.

보스턴 레드삭스가 한 점 뒤진 채로 경기는 중반으로 접어들었다. 그러나 알렉시스 코라의 표정은 어둡지 않았다.

크리스 세일이 김태식에게 허용한 불의의 솔로 홈런.

분명히 아쉬운 부분이었다.

그렇지만 절망적인 상황은 아니었다.

오히려 지금까지의 경기 상황은 알렉시스 코라가 원하던 방향으로 흘러온 셈이었다.

'한 점 싸움!'

팽팽한 대결일수록 투수진의 높이에서 승부가 갈리기 마련이었다.

그런 점에서 보자면 분명히 보스턴 레드삭스에게 유리한 상황이었다.

월드 시리즈 5차전의 리드오프로 출전한 김태식에게 솔로 홈런을 허용하긴 했지만, 그 후 크리스 세일은 완벽에 가까운 피칭을 펼치고 있었다. 그리고 보스턴 레드삭스의 두텁고 단단한 중간 계투진은 언제든지 출격할 수 있을 정도로 만반의 준비가 되어 있는 상태였다.

"한 번은… 기회가 온다!"

알렉시스 코라의 바람대로 경기를 흘러갔다.

5회 말, 1사 주자 없는 상황에서 타석에 들어선 잭 브래들리 주니어는 좌중간을 반으로 가르는 큰 타구를 때려냈다.

타다닷.

잭 브래들리 주니어는 중견수가 공을 한 번 더듬는 것을 놓치지 않고 과감하게 3루까지 내달렸다.

1사 3루.

절호의 득점 찬스가 찾아온 순간, 알렉시스 코라의 머릿속이 바빠졌다.

일단 동점을 만들 방법을 찾고 있을 때, 팀 셔우드 감독이 타임을 요청하고 마운드로 올라가는 것이 보였다.

"또?"

팀 셔우드 감독의 마운드 방문.

4차전과 엇비슷한 타이밍이었다. 그리고 팀 셔우드 감독은 4차전에 이어 5차전에서도 이른 투수 교체를 단행했다.

"누굴 올리려는 거지?"

잠시 뒤, 알렉시스 코라가 두 눈을 빛냈다.

"팻 메이튼이 아니라… 토니 그레이?"

슈악!
"볼넷!"

미구엘 디아즈에 이어 마운드에 오른 토니 그레이는 첫 상대인 젠더 보카츠에게 볼넷을 허용했다.

아니, 엄밀히 말하면 일부러 사구를 허용한 것이었다.

1사 1, 3루로 상황이 바뀐 순간, 팀 셔우드가 양손을 들어 올려 마른세수를 했다.

'승부처!'

지금이 오늘 경기의 승부처였다.

5차전을 승리하기 위해서는 어떻게든 실점을 허용하지 않고 이번 위기를 막아내야 했다.

"대주자는… 없다."

토니 그레이에게서 볼넷을 얻어내서 1루로 걸어나간 젠더 보카츠는 발이 느린 편이었다.

그렇지만 알렉시스 코라 감독이 대주자를 기용하기는 어려울 것이라고 팀 셔우드는 판단했다.

아직 5회 말.

팀의 4번 타자인 젠더 보카츠를 경기에서 제외하기에는 너무 일렀기 때문이다.

스윽!

거기까지 판단을 마친 팀 셔우드가 감독석에서 일어나서 작전 지시를 내렸다.

슈아악!

보스턴 레드삭스의 5번 타자인 마르코 히메네스를 상대로 토니 그레이가 초구를 던졌다.

타다닷!

그 순간, 1루 주자였던 젠더 보카츠가 스타트를 끊었다.

'걸렸다!'

젠더 보카츠의 도루 시도를 확인한 팀 셔우드가 두 눈을 빛냈다.

기동력 야구.

월드 시리즈가 시작된 후, 보스턴 레드삭스의 알렉시스 코라 감독이 준비했던 승부수였다.

그 승부수에 허를 제대로 찔려 버린 탓에 샌디에이고 파드리스는 첫 스텝이 꼬여 버렸고, 그것이 시리즈 전적 0승 3패까지 몰렸던 원인 가운데 하나였다.

그렇지만 이제는 알렉시스 코라 감독의 승부수인 기동력 야구에 대해 파악이 끝난 상태였다.

똑같은 작전에 계속 당해서는 안 됐다.

피치아웃.

그래서 팀 셔우드는 아까 피치아웃 작전을 지시했었다.

공 하나를 버릴 각오를 하고 지시했던 피치아웃 작전이었는데.

피치아웃 작전은 정확히 먹혔다.

쐐애액!

이안 드레이크가 머뭇거리지 않고 2루로 힘껏 송구했다.

글러브에 정확하게 도착한 송구를 받은 2루수가 젠더 보카츠를 태그한 후, 3루 주자의 움직임을 살폈다.

타다닷!

귀루할까? 홈으로 파고들까?

피치아웃 작전을 간파한 3루 주자 잭 브래들리 주니어는 결단을 내리지 못하고 어정쩡한 위치에 서 있었다.

반면 2루수인 에릭 아이바는 머뭇거리지 않고 3루로 송구했다.

귀루를 결심하고 중심을 이동시켰던 잭 브래들리 주니어가 선택의 여지가 없음을 깨닫고 홈으로 달리기 시작했다.

그러나 결단이 너무 늦었다.

런 다운에 걸렸던 잭 브래들리 주니어가 횡사하면서 5회 말은 끝이 났다.

'막았다!'

필승조인 토니 그레이를 조기에 투입한 선택이 결과적으로 성공을 거둔 셈이었다.

여전히 한 점의 리드를 지키는 상황.

불안한 것은 사실이었다.

그러나 팀 셔우드는 믿었다.

이 불안한 리드를 지킬 수 있을 것이라고.

6회 말 보스턴 레드삭스의 공격.

샌디에이고 파드리스의 투수는 또 바뀌었다.

토니 그레이에 이어서 6회 말에 마운드에 오른 것은 팻 메이튼이었다.

"다를 거야!"

팻 메이튼이 중간 계투 요원으로 출전하는 것.

이번이 처음이었다.

당연히 우려와 기대가 교차할 수밖에 없었다.

그렇지만 이미 주사위를 던진 상황.

중간 계투 요원으로 경기에 출전한 팻 메이튼이 다른 선발투수들과 달리 잘해주기를 바랄 수밖에 없었다.

물론 막연하게 잘해주기를 바라기만 했던 것은 아니었다.

팀 서우드 감독은 나름대로 배려를 했다.

5회 말 1사 3루 상황에서 바로 팻 메이튼을 투입하는 대신 필승조로 활약했던 토니 그레이를 투입했던 것.

팻 메이튼이 새로운 이닝에 돌입한 후 주자 없는 상황에서 마운드에 등판할 수 있도록 하기 위한 배려였다.

"팻 메이튼이 불안한 모습을 보일 경우, 제가 중간 계투 요원으로 나서겠습니다."

5차전 마운드 운용을 미구엘 디아즈와 팻 메이튼이 이어 던지도록 하자고 제안했을 때, 팀 서우드 감독은 선뜻 받아들이지 않았다.

불안한 기색을 감추지 못하던 팀 서우드 감독을 설득하기 위해서 태식이 건넸던 말이었다.

그냥 해본 말이 아니었다.

만약 팻 메이튼이 실점 위기에 몰린다면, 태식은 중간 계투 요원으로 마운드에 오를 각오를 했었다.

5차전에서 패한다면, 7차전을 준비하는 것이 무의미하기 때문이었다.

그렇지만 말 그대로 최악의 경우를 가정한 것이었다.

가능하면 팻 메이튼이 호투해서 태식이 월드 시리즈 5차전에서 마운드를 밟지 않는 편이 가장 좋은 상황이었다.

'첫 타자와의 승부가 중요해!'

태식이 잔뜩 집중한 채 팻 메이튼과 마르코 히메네스의 대결을 지켜보았다.

"볼넷!"

풀카운트까지 이어진 대결 끝에 팻 메이튼은 볼넷을 허용했다.

"안 좋아!"

마르코 히메네스를 볼넷으로 출루시킨 팻 메이튼을 바라보던 태식의 두 눈에 불안감이 깃들었다.

중간 계투 요원으로 경기 도중에 출전하는 것이 익숙치 않아서일까.

팻 메이튼의 제구는 흔들렸다.

그나마 다행인 것은 팻 메이튼이 전력투구를 펼친다는 점이었다.

즉, 선발투수가 아니라 중간 계투 요원으로 출전했다는 사실을 정확히 인지하고 있다는 증거였다.

무사 1루 상황에서 타석에 들어선 것은 6번 타자 헨리 라미네즈.

팻 메이튼은 여전히 제구에 어려움을 겪었다.

헨리 라미네즈를 상대로 쓰리 볼 원 스트라이크의 불리한 볼 카운트에 몰렸다.

그리고 5구째.

슈악!

팻 메이튼의 슬라이더는 가운데로 몰렸다.

헨리 라미네즈에게 볼넷을 허용해서는 안 된다는 부담감이 실투로 이어진 것이었다.

그리고 헨리 라미네즈는 실투를 놓치지 않았다.

따악!

헨리 라미네즈가 당겨 친 타구는 경쾌한 타격음과 함께 좌중간 코스로 뻗어갔다.

'빠졌다!'

타구의 방향을 확인한 태식의 표정이 어둡게 변했다.

좌중간을 반으로 가르고 펜스 앞까지 굴러갈 확률이 높은 타구였다.

그사이, 1루 주자가 홈으로 파고들면서 동점을 허용했다고 판단한 순간이었다.

타다닷!

중견수인 미구엘 마못이 끝까지 타구를 쫓았다. 그리고 타구를 잡아내기 위해서 필사적으로 몸을 던졌다.

탁!

'잡았다!'

태식이 깜짝 놀라며 감탄성을 내뱉었을 정도로 엄청난 호수비였다. 그리고 미구엘 마못의 후속 동작은 기민했다.

당연히 타구가 빠질 것이라고 판단했던 1루 주자 마르코 히메네스가 2루 베이스를 통과했다는 것을 확인하고, 재빨리 1루로 송구했다.

"아웃!"

그렇지만 마르코 히메네스가 귀루하는 것보다 미구엘 마못의 송구가 1루수의 글러브에 도착하는 것이 빨랐다.

미구엘 마못의 기막힌 호수비 덕분에 더블 아웃이 만들어졌다.

그제야 태식의 표정이 비로소 밝아졌다.

'움직임이 가벼워!'

월드 시리즈 4차전까지 샌디에이고 파드리스 선수들의 몸은 무거웠다.

그래서 실책성 플레이도 자주 범했었다.

그렇지만 방금 호수비를 펼쳤던 미구엘 마못의 몸놀림은 무척 가벼웠다.

'월드 시리즈 4차전의 승리 덕분에 긴장이 풀렸어!'

그리고 미구엘 마못의 호수비는 마운드 위에 서 있던 팻 메이튼의 어깨도 가볍게 만들어주었다.

"스트라이크아웃!"

7번 타자인 샘 트래비스를 삼구 삼진으로 돌려세우고 마운드를 내려가는 팻 메이튼을 바라보던 태식의 입가로 환한 미소가 떠올랐다.

최종스코어 1 : 0.

월드 시리즈 5차전은 샌디에이고 파드리스가 가져갔다.

결국 김태식의 선두 타자 홈런이 결승점이 됐다.

"이제는… 우리가 유리해졌다!"

팀 셔우드가 희미한 웃음을 머금었다.

가장 고무적인 것은 월드 시리즈 4차전과 5차전을 승리하면서 젊은 선수들이 부담감을 털어냈다는 것이다.

자신감을 회복한 젊은 선수들은 잇따라 호수비를 펼치면서 팻 메이튼의 어깨를 가볍게 만들어주었다.

물론 아직 타격에서는 부진이 이어지고 있었다.

그러나 팀 셔우드는 크게 우려하지 않았다.

야수들의 컨디션이 올라오고 있는 만큼, 6차전과 7차전에서는 타격감도 올라올 것이라는 믿음이 있었기 때문이다.

더 고무적인 것은 월드 시리즈 5차전에서 에이스인 김태식을 아끼면서 에이스인 크리스 세일을 내세운 보스턴 레드삭스를 잡아냈다는 것이다.

"더 쫓길 수밖에 없어!"

보스턴 레드삭스 선수들이 큰 무대 경험이 풍부하다고 해도, 이런 상황이라면 초조하지 않을 수 없었다.

"남은 건 선발투수를 결정하는 것이군!"

6차전에 김태식을 선발투수로 출전시키느냐? 아니면, 7차전에 김태식을 선발투수로 출전시키느냐?

팀 셔우드가 고민하는 부분이었다.

그러나 고민은 의외로 쉽게 해결됐다.

"6차전에 출전시켜 주십시오."

샌디 바에즈가 먼저 찾아와서 6차전에 출전하고 싶다는 의사를 밝혔기 때문이다.

"왜 7차전이 아니라 6차전에 출전하고 싶은 건가?"

"빚지고는 못 사는 성미라서요."

"응?"

"2차전에서 헥터 볼케즈에게 당했던 것을 갚아주고 싶습니다."

샌디 바에즈에게서 돌아온 대답을 들은 팀 셔우드가 작게 고개를 끄덕였다.

월드 시리즈 2차전의 선발투수로 출전했던 샌디 바에즈는 패전 투수가 됐다.

당시 패배의 원인은 여러 가지가 있었지만, 가장 큰 원인은 샌디 바에즈가 상대 투수인 헥터 볼케즈에게 2타점 적시타를 허용했던 것이다.

그 충격 때문일까.

샌디 바에즈는 고비를 넘지 못하고 와르르 무너졌었다.

"빚을 갚고 싶다?"

"그렇습니다."

"자신 있나?"

"물론 자신 있습니다."

이를 악문 채 대답하는 샌디 바에즈에게서는 독기가 풀풀 풍겼다.

"그리고… 7차전 선발투수는 김태식이 출전하는 것이 맞다고 생각합니다."

"왜인가?"

"김태식 덕분에 여기까지 올 수 있었으니까요."

"……."

"김태식이 7차전 선발투수로 출전할 수 있도록 제가 가교 역할을 하고 싶습니다."

더 고민할 필요는 없었다.

팀 셔우드는 월드 시리즈 6차전 선발투수로 샌디 바에즈를 낙점했다.

*　　　　　*　　　　　*

월드 시리즈 6차전.

월드 시리즈 2차전에 이어서 샌디 바에즈와 헥터 볼케즈의 선발투수 재대결의 판이 만들어졌다.

1회 초 보스턴 레드삭스의 공격.

슈악!

부우웅!

보스턴 레드삭스의 리드오프인 앤드류 베니테즈는 샌디 바에즈의 2구를 노리고 힘껏 스윙했다.

그러나 헛스윙이 되고 말았다.

'직구를 노렸어!'

샌디 바에즈와 앤드류 베니테즈의 승부를 지켜보던 태식이 고개를 끄덕였다.

방금 전 앤드류 베니테즈는 바깥쪽 직구를 노렸다.

그렇지만 샌디 바에즈가 던졌던 2구는 슬라이더였기 때문에 헛스윙을 한 것이었다.

노 볼 투 스트라이크.

유리한 볼카운트를 선점한 샌디 바에즈가 투구 간격을 좁히며 3구를 던졌다.

슈아악!

그가 선택한 공은 몸 쪽 직구였다.

"스트라이크아웃!"

유인구를 던질 것이라 예상했기 때문일까.

앤드류 베니테즈는 배트를 내밀지 못하고 그대로 지켜보았다.

144㎞.

전광판에 찍힌 구속을 확인한 태식이 속으로 혀를 내둘렀다.

140㎞대 중반의 직구로 몸 쪽 승부를 가져간 것.

무척 위험한 선택이었다.

그렇지만 결과적으로는 앤드류 베니테즈의 의표를 찌르는 데 성공했다.

"달라졌어!"

루킹 삼진으로 앤드류 베니테즈를 돌려세운 샌디 바에즈의 투구를 지켜본 태식이 작게 고개를 끄덕였다.

2차전의 선발투수로 등판했을 때의 샌디 바에즈와 5차전에 선발투수로 등판한 샌디 바에즈의 투구 패턴은 달랐다.

"패인을 분석했어!"

샌디 바에즈는 2차전의 패인을 알렉시스 코라 감독이 준비한 기동력 야구에 당한 것이라고 판단한 듯 보였다.

그에 대한 대비책으로 아예 주자를 내보내지 않기로 작정한 듯 보였다.

슈악!

딱!

2번 타자 무크 베츠와의 승부도 과감했다.

원 볼 투 스트라이크 상황에서 샌디 바에즈는 몸 쪽 공을 선택했다.

'스크류볼!'

무크 베츠가 직구라고 판단하고 스윙했지만, 정타가 되지 못했다.

샌디 바에즈의 스크류볼이 홈 플레이트를 통과하면서 타자 몸 쪽으로 휘어지면서 배트 손목 부근에 맞았기 때문이다.

먹힌 타구를 확인한 2루수 에릭 아이바가 빠르게 대시했다.

발이 빠른 무크 베츠가 전력 질주 했지만, 에릭 아이바의 송구가 1루수의 글러브에 도착하는 것이 더 빨랐다.

"아웃!"

1루심이 아웃을 선언한 순간, 태식이 두 눈을 빛냈다.

샌디 바에즈가 2차전에서 어려움을 겪었던 또 하나의 이유는 샌디에이고 파드리스 수비진이 흔들렸기 때문이다.

그러나 오늘은 달랐다.

에릭 아이바는 처리하기 어려운 타구를 손쉽게 처리했다.

"야수들을 믿는다!"

슈악!

딱!

3번 타자인 잭 브래들리 주니어와의 승부도 비슷한 패턴이었
다.

샌디 바에즈는 커브를 던져 내야 땅볼을 유도해 냈다.

유격수가 안정적으로 포구해 정확히 송구하면서 타자 주자인
잭 브래들리 주니어를 1루에서 잡아냈다.

삼자범퇴.

깔끔하게 1회 초 수비를 마무리한 샌디 바에즈가 마운드를
내려갔다.

*   *   *

〈샌디에이고 파드리스 선발 라인업〉

1번. 에릭 아이바

2번. 호세 론돈

3번. 김태식

4번. 코리 스프링어

5번. 티나 코르도바

6번. 하비에르 게레로

7번. 미구엘 마못

8번. 이안 드레이크

9번. 샌디 바에즈

피처: 샌디 바에즈

월드 시리즈 6차전, 샌디에이고 파드리스의 선발 라인업을 노려보던 송나영이 고개를 갸웃했다.

"왜… 타순이 원래대로 돌아온 걸까요?"

"자신이 생겼기 때문이지."

"자신… 이요?"

"그래. 이제는 샌디에이고 파드리스의 야구를 할 수 있다는 자신감이 생겼기 때문에 타순을 원래대로 바꾼 거야."

유인수가 설명을 마친 순간, 송나영이 불안한 표정을 지었다.

4차전과 5차전.

두 경기에서 승리하면서 샌디에이고 파드리스는 기사회생했다.

그렇지만 두 경기에서 샌디에이고 파드리스가 올린 득점은 총 4점에 불과했다.

그 4점 가운데 2점은 극단적인 스퀴즈 작전을 통해 얻어냈던 점수였다.

즉, 샌디에이고 파드리스 타자들의 타격감은 아직 정상이 아니었다.

그래서 타순을 다시 원래대로 조정한 것이 너무 성급했던 것이 아닐까 하는 우려가 들었을 때였다.

"알렉시스 코라 감독이 너무 조급한 것 같군."

"뭐가요?"

"헥터 볼케즈를 6차전에 투입한 것 말이야."

"정상적인 투수 로테이션을 운용한 것 아닌가요?"

"만약 내가 감독이었다면… 6차전 선발투수로 에두아르드 로드리게스를 내세웠을 거야. 헥터 볼케즈는 7차전에 투입하기 위해 아졌을 테고."

"왜요?"

"에두아르드 로드리게스는 아직 젊고 경험이 부족해. 월드 시리즈 7차전이 주는 중압감과 부담감을 이겨내기 어려울 거야."

유인수의 이야기는 일리가 있었다.

"알렉시스 코라 감독은 6차전에서 우승을 확정하고 싶은가 보네요."

"맞아. 그런데 한 가지 놓치고 있는 것이 있어."

"뭘 놓치고 있는 거죠?"

유인수가 대답했다.

"샌디에이고 파드리스의 젊은 선수들이 경험을 쌓았다는 것."

＊　　　　　　＊　　　　　　＊

1회 말 샌디에이고 파드리스의 공격.

슈악!

풀카운트에서 헥터 볼케즈가 던진 커브의 궤적은 예리했다. 그렇지만 샌디에이고 파드리스의 리드오프인 에릭 아이바의 배트는 끌려 나가지 않았다.

"볼넷!"

낮았다고 판단한 주심이 볼넷을 선언한 순간, 팀 서우드가 안도의 한숨을 내쉬었다.

4, 5차전과 달리 6차전에서 에릭 아이바에게 리드오프 임무를 다시 맡겼다.

1, 2, 3차전과는 분명히 다를 것이라는 믿음이 있었기 때문에 내린 결단이었다.

그렇지만 불안한 마음이 없지 않았는데.

6차전에서 다시 헥터 볼케즈와 상대하는 에릭 아이바는 2차전 때와는 달라진 모습을 보여주었다.

원 볼 투 스트라이크.

불리한 볼카운트에 몰렸지만 서두르지 않았다.

헥터 볼케즈의 유인구를 잘 참아내면서 풀카운트까지 승부를 끌고 갔고, 결국 볼넷을 얻어내서 출루하는 데 성공했다.

"타석에서… 조급함이 사라졌어!"

팀 서우드가 만족스러운 표정을 지었다.

만약 4차전에서 패배했다면?

그래서 시리즈 전적 0 : 4로 월드 시리즈 우승 도전에 실패했다면, 경험 부족에 발목이 잡혔을 터였다.

그러나 4차전과 5차전을 잡아내면서 기사회생한 후, 경기를 치르는 횟수가 늘어나자 젊은 선수들은 부지불식간에 큰 무대 경기 경험이 쌓였다.

거기에는 김태식의 역할이 컸다.

4차전과 5차전에서 리드오프로 출전했던 김태식은 낯선 타순임에도 불구하고 완벽하게 리드오프 임무를 수행했다.

에릭 아이바는 그 모습을 곁에서 지켜보며 어떤 깨달음을 얻었으리라.

그 깨달음 덕분에 6차전에서는 달라진 모습을 보이는 것이었고.

'희생번트!'

에릭 아이바가 볼넷을 얻어내면서 무사 1루가 된 순간, 팀 셔우드가 떠올린 것은 희생번트였다. 그래서 6차전 2번 타자로 출전한 호세 론돈에게 희생번트를 지시하려던 팀 셔우드가 멈칫했다.

'맡기자!'

팀 셔우드가 도중에 생각을 바꾸었다.

월드 시리즈 경기를 치르면서 경험이 쌓인 것은 에릭 아이바만이 아니었다.

호세 론돈 역시 경험이 쌓였다.

테이블 세터진에 포진된 자신의 임무가 무엇인지 누구보다 잘 알 터.

팀 셔우드는 호세 론돈을 믿고 맡기기로 결정했다.

슈아악!

호세 론돈을 상대로 헥터 볼케즈가 선택한 초구는 몸 쪽 낮은 스트라이크존을 통과하는 직구였다.

따악!

호세 혼돈은 망설이지 않고 힘껏 배트를 돌렸다.

경쾌한 타격음이 흘러나왔지만, 호세 론돈이 잡아당긴 타구는 우측 라인선상을 약 2미터가량 벗어난 곳에 떨어졌다.

아쉬운 결과.

그렇지만 팀 셔우드는 고개를 끄덕였다.

"스윙이 빨라졌어!"

긴장이 풀리면서 몸이 가벼워져서일까.

호세 론돈의 스윙도 이번 월드 시리즈에 들어섰던 타석 가운데 가장 가볍고 날카로웠다.

해서 팀 셔우드가 기대에 찬 시선을 던지고 있을 때였다.

슈악!

헥터 볼케즈의 2구는 포크볼이었다.

부우웅!

호세 론돈은 홈 플레이트 앞에서 뚝 떨어지면서 바운드를 일으킨 포크볼에 속아서 헛스윙을 했다.

펑. 데구르르.

포수 크리스티안 바스케스의 미트 끝에 맞고 공이 바닥에 떨어진 순간, 에릭 아이바가 2루로 내달렸다.

타다닷.

'늦었어!'

포수가 공을 한 번에 포구하지 못한 것을 캐치하자마자 2루로 내달린 에릭 아이바의 주루 플레이는 과감했다.

그러나 포수의 미트를 맞고 튕긴 공은 멀리 굴러가지 않았다.

쐐애액!

힘없이 바닥을 구르던 공을 주워 든 포수의 송구는 정확했다.

'아웃 타이밍!'

팀 셔우드가 미간을 찌푸렸지만, 2루에서 벌어진 승부의 결과는 그의 예측과 달랐다.

"세이프!"

에릭 아이바의 손이 베이스에 닿은 것이 빨랐다고 판단한 2루심은 단호하게 세이프를 선언했다.

유니폼에 묻은 흙을 털고 있던 에릭 아이바가 타석에 들어서 있던 호세 론돈을 향해 손을 가리켰다.

환하게 웃고 있는 에릭 아이바를 확인한 순간, 팀 셔우드는 2루에서 아웃이 될 거라고 판단했던 자신의 예상이 빗나간 이유를 알아챘다.

"포수가 포구 실수를 한 것을 확인하고 난 후에 스타트를 끊은 것이 아니었군!"

에릭 아이바는 단독 도루를 감행했던 것이다. 그리고 에릭 아이바의 도루 시도에 조연으로 참여한 것은 호세 론돈이었다.

"초구 직구를 노려 쳐서 파울이 되긴 했지만 잘 맞은 타구를 만들어냈던 것은 의도적이었어. 그래서 헥터 볼케즈가 직구 승부를 하지 못할 것이란 확신을 갖고 에릭 아이바가 도루를 시도했던 거야."

비로소 에릭 아이바의 도루에 숨어 있던 전모를 알아챈 순간이었다.

슈악!

딱!

호세 론돈이 3구째 공을 받아 쳤다.

평범한 내야 땅볼은 2루수 앞으로 굴러갔다.

"의도적으로 잡아당겼어!"

팀 셔우드가 흡족한 표정을 지었다.

투 스트라이크 이후인 만큼 희생번트를 대기 어려운 상황.

호세 론돈은 진루타를 만들어내기 위해서 의도적으로 잡아당겨서 타구를 2루수 쪽으로 보냈다.

"확실히 여유가 생겼어!"

호세 론돈은 타석에서 생각을 하며 야구를 하고 있었다.

이것이 여유가 생겼다는 증거.

또, 월드 시리즈라는 최고의 무대에 적응했다는 증거이기도 했다.

1사 3루로 바뀐 상황에서 타석에는 김태식이 들어섰다. 그리고 김태식은 팀 셔우드의 기대에 부응했다.

슈악!

따악!

헥터 볼케즈의 슬라이더를 밀어 쳐서 큼지막한 외야플라이를 만들어냈다.

좌익수가 타구를 잡은 순간, 태그업을 시도한 에릭 아이바가 여유 있게 홈으로 파고들며 샌디에이고 파드리스는 선취점을 올리는 데 성공했다.

2회 초 보스턴 레드삭스의 공격.

선두 타자는 4번 타자인 젠더 보가츠였다.

슈악!

"스트라이크!"

슈악!

"스트라이크!"

바깥쪽 낮은 스트라이크존에 절묘하게 걸치는 두 개의 슬라이더를 잇따라 던져서 유리한 볼카운트를 선점한 샌디 바에즈는 3구째로 몸 쪽 공을 던졌다.

슈악!

'스크류볼!'

몸 쪽 공이 들어오자, 젠더 보카츠가 배트를 휘둘렀다. 그렇지만 배트의 손목 부근에 맞은 탓에 타구는 멀리 뻗지 못했다.

'내야플라이!'

타구를 미리 판단했던 태식이 눈살을 찌푸렸다.

워낙 손목 힘이 좋기 때문일까.

젠더 보카츠의 타구는 먹혔음에도 불구하고 예상보다 멀리 뻗었다.

좌익수와 유격수, 3루수가 일제히 타구를 잡기 위해 모여 들었지만, 어느 누구도 잡지 못하는 위치에 떨어졌다.

텍사스 안타.

무사 1루 상황에서 타석에 들어선 5번 타자 마르코 히메네즈는 풀카운트 승부를 펼쳤다.

그리고 6구째.

슈아악!

따악!

샌디 바에즈가 던진 바깥쪽 직구를 노려 쳐서 중전 안타를 만들어냈다.

무사 1, 2루로 상황이 바뀐 순간, 태식의 표정이 굳어졌다.

17. 미래가 걸렸다

'흔들리는 건가?'

젠더 보카츠에게 빗맞은 텍사스 안타를 허용했던 것으로 인해 샌디 바에즈의 멘탈이 흔들렸을 수도 있다는 우려가 들었다.

그때였다.

일단 동점을 만들어야 한다고 판단해서일까.

보스턴 레드삭스의 알렉시스 코라 감독이 뜻밖의 교체를 지시했다.

'젠더 보카츠를 대주자로 교체한다?'

아직 경기 초반이었다. 그런데 팀의 4번 타자인 젠더 보카츠를 대주자로 교체하는 것은 너무 이르다는 생각이 들었다.

물론 젠더 보카츠가 월드 시리즈에서 타격감이 좋은 편은 아니었지만, 그래도 보스턴 레드삭스를 상징하는 타자 가운데 한

명이었다.

또. 타석에 들어서는 것만으로도 투수에게 부담을 주는 타자였다.

이른 교체로 인해 기분이 상한 걸까?

젠더 보카츠는 더그아웃으로 들어가며 알렉시스 코라 감독과 시선도 마주치지 않았다. 그리고 헬멧을 더그아웃 벽에 던지며 분노를 표출했다.

"득보다 실이 많은 교체!"

그 모습을 지켜보던 태식이 작게 혼잣말을 꺼냈다.

물론 이번 찬스에서 동점 혹은 역전을 만들어내겠다고 결심한 알렉시스 코라 감독의 심정이 이해가 가지 않는 것은 아니었다.

그러나 이번 교체는 얻는 것보다 잃는 것이 더 많다는 생각이 들었다.

당장 보스턴 레드삭스의 더그아웃 분위기가 얼어붙은 것이 증거였다.

슈악!

틱. 데구르르.

그사이, 타석에 들어섰던 헨리 라미네즈는 희생번트를 성공시켰다.

1사 2, 3루에서 타석에는 7번 타자 샘 트레비스가 들어섰다.

큼지막한 외야플라이만 때려내도 득점을 올릴 수 있는 상황.

슈악!

딱!

샘 트레이스는 초구부터 과감하게 배트를 휘둘렀다. 그러나 배트 상단에 맞은 타구는 내야 높이 솟구쳤다.

'일단 고비는 넘겼다!'

2사 2, 3루로 바뀐 순간, 태식이 두 눈을 빛냈다.

'만약 이번 위기를 무실점으로 넘긴다면?'

선취점을 허용한 보스턴 레드삭스의 감독과 선두들은 더욱 초조해질 터.

게다가 이번 찬스에서 동점 내지 역전을 만들기 위해서 팀의 핵심 타자인 젠더 보카츠를 대주자로 교체한 상태였다.

이런 강수를 두었음에도 불구하고 득점을 올리는 데 실패한다면, 타격을 더욱 클 수밖에 없었다.

"아직 안심하긴 일러!"

2사 후였지만 주자는 2루와 3루에 있었다.

짧은 안타 하나만 내줘도 역전을 허용할 수 있었다.

그때였다.

포수인 이안 드레이크가 일어나서 홈 플레이트를 벗어났다.

'고의 사구!'

태식의 예상이 적중했다.

샌디 바에즈는 8번 타자인 더스틴 페드로이아와의 승부를 피했다.

"볼넷!"

고의사구 작전을 펼쳐서 비어 있던 1루를 채웠다.

대신 투수인 헥터 볼케즈와의 승부를 선택했다.

'옳은 선택!'

야수가 아닌 투수와 승부를 펼치는 것.

어쩌면 당연한 선택이었다.

그렇지만 태식은 불안감을 지우지 못했다.

그 이유는 헥터 볼케즈의 타격 능력이 뛰어났기 때문이다.

또, 2차전에서 샌디 바에즈가 헥터 볼케즈에게 2타점 적시타를 허용했던 적이 있었기 때문이다.

'직구 승부를 피해야 해!'

태식이 생각했을 때였다.

슈아악!

샌디 바에즈는 헥터 볼케즈를 상대로 초구를 직구로 선택했다.

"스트라이크!"

실투일까?

한가운데로 몰린 직구를 확인한 순간, 태식의 가슴이 철렁 내려앉았다.

다행인 것은 헥터 볼케즈가 배트를 휘두르지 않았다는 점이었다.

'위험했어!'

태식이 안도의 한숨을 내쉬었을 때, 샌디 바에즈가 2구를 던졌다.

슈아악!

2구 역시 직구.

게다가 코스도 한가운데였다.

그렇지만 이번에도 헥터 볼케즈는 배트를 휘두르지 않고 그대로 지켜보았다.

'실투가 아냐!'

샌디 바에즈는 제구가 뛰어난 투수였다.

그런 그가 연속으로 실투를 던질 확률은 낮았다.

의도적으로 한가운데 직구를 던진 것이었다.

그리고 3구째.

슈아악!

샌디 바에즈는 또다시 직구를 선택했다.

다른 점은 한가운데로 몰린 직구가 아니라는 것이었다.

몸 쪽 높은 코스로 파고드는 하이 패스트 볼이 들어오자, 헥터 볼케즈가 참지 못하고 배트를 휘둘렀다.

부우웅!

"스트라이크아웃!"

삼구 삼진으로 헥터 볼케즈를 돌려세운 후, 샌디 바에즈가 마운드를 내려왔다.

그런 그가 모자를 벗어 높이 들어 올렸다.

마치 빚을 갚았다고 선언하는 듯이.

와아!

와아아!

펫코 파크를 가득 채우고 있던 홈 팬들이 커다란 함성으로 호응한 순간, 태식이 고개를 절레절레 흔들면서 쓰게 웃었다.

"성깔 있네!"

위기 뒤의 찬스.

2회 초의 실점 위기를 넘긴 샌디에이고 파드리스는 2회 말 득점 찬스를 잡았다.

　1사 주자 없는 상황에서 하비에르 게레로가 중전 안타로 출루했고, 미구엘 마못의 진루타가 나왔다.

　2사 2루 상황에서 타석에 들어선 것은 8번 타자 이안 드레이크였다.

　2사 후인 만큼 짧은 안타만 나와도 실점을 허용하는 상황.

　헥터 볼케즈의 선택은 이안 드레이크를 고의 사구로 내보내며 비어 있던 1루를 채우는 것이었다.

　이안 드레이크 대신 샌디 바에즈와의 대결을 택한 것이었다.

　'어렵겠군!'

　더그아웃에서 경기를 지켜보던 태식이 머리를 긁적였다.

　샌디 바에즈는 타격 능력이 뛰어난 투수가 아니었다.

　통산 타율이 5푼에도 미치지 못했다.

　그래서 태식이 기대를 접었을 때였다.

　슈악!

　따악!

　경쾌한 타격음이 흘러나왔다.

　좌중간으로 향하는 타구를 확인한 태식이 벌떡 일어났다.

　아니, 태식만이 아니라 더그아웃에서 경기를 지켜보고 있던 모든 선수들이 자리에서 일어났다.

　"넘겨라!"

　"넘어가라!"

　"제발!"

열심히 타구를 쫓아간 중견수가 점프하며 글러브를 들어 올렸다. 그러나 타구에 살짝 미치지 못했다.

샌디 바에즈의 타구는 중견수의 글러브를 넘기고 떨어졌다.

툭. 툭. 툭.

타구는 무심한 바운드를 일으키며 펜스 앞까지 굴러갔다.

그사이, 2루 주자였던 하비에르 게레로는 물론이고, 1루 주자였던 이안 드레이크까지 홈으로 파고들었다.

2타점 적시 2루타.

"똑같네!"

태식이 절레절레 고개를 흔들었다.

2차전에서 헥터 볼케즈에게 2타점 적시타를 내줬던 샌디 바에즈는 6차전에서 똑같이 갚아준 셈이었다.

2루 베이스 위에 올라선 샌디 바에즈가 헬멧을 벗었다. 그리고 헬멧을 높이 들어 올린 채 흔들었다.

마치 지난번의 빚을 이자까지 쳐서 갚아주었다는 듯이.

그 모습을 확인한 태식이 재차 쓰게 웃었다.

"진짜… 성깔 있네."

최종스코어 7 : 1.

월드 시리즈 6차전은 경기 초반에 헥터 볼케즈를 무너뜨린 샌디에이고 파드리스의 압승으로 끝이 났다.

시리즈 전적 3 : 3.

월드 시리즈 7차전에서 우승 팀이 가려지게 됐다.

"야구는 정말 모르겠네요."

송나영이 웃으며 말했다.

샌디에이고 파드리스가 3연패를 했을 때, 모든 전문가들이 보스턴 레드삭스의 월드 시리즈 우승을 확신했다.

월드 시리즈에서 3연패를 먼저 기록한 후에 4연승을 거두며 역전 우승을 일궈낸 케이스가 전무하다는 통계.

또, 경험 부족을 여실하게 드러내며 졸전을 거듭하던 샌디에이고 파드리스의 경기력.

이 두 가지가 전문가들이 보스턴 레드삭스의 우승을 점쳤던 근거였다.

그러나 상황은 급변했다.

월드 시리즈 4차전을 승리하면서 기사회생한 샌디에이고 파드리스는 5차전과 6차전까지 잇따라 승리하면서 기어이 시리즈 전적을 동률로 만들었다.

더 고무적인 것은 샌디에이고 파드리스의 경기력이 시리즈가 후반으로 향해 갈수록 점점 올라오고 있다는 점이었다.

"이제는 샌디에이고 파드리스가 유리해졌네요."

송나영의 말에 유인수도 반박하지 않았다.

"심리적으로 더 쫓기는 것이 보스턴 레드삭스이니까. 게다가 샌디에이고 파드리스는 에이스를 아꼈지."

보스턴 레드삭스는 5차전에 팀의 에이스인 크리스 세일을 투입했다.

반면 샌디에이고 파드리스는 5차전에 김태식을 내보내지 않고 아낀 덕분에 7차전에 선발투수로 출전할 수 있었다.

단 한 경기로 월드 시리즈 우승 팀이 가려지는 상황.

에이스가 출전할 수 있느냐 여부는 무척 컸다.

이제는 샌디에이고 파드리스가 월드 시리즈 우승에 한발 더 앞서 있다는 것을 부인하기 어려웠다.

"그래도 야구는 모르는 거지."

"그렇죠."

"그리고 이번 7차전에는 아주 많은 것이 걸려 있어."

"많은 것이요?"

"미래."

"……?"

"여러 사람들의 미래가 이 한 경기에 걸려 있는 셈이지."

무슨 뜻일까.

송나영이 의아한 시선을 던지자, 유인수가 설명을 더했다.

"이번 기회를 놓치지 않는다면 샌디에이고 파드리스는 창단 후 첫 월드 시리즈 우승을 차지하는 거지. 그럼 아주 많은 것이 달라질 거야. 일단 마이크 프록터 단장과 팀 셔우드 감독에게 힘이 실리겠지. 게다가 김태식의 미래도 달려 있어. 월드 시리즈 우승을 차지한다면, 김태식과 재계약을 할 수 있는 자금력을 확보할 수 있을 테니까. 그뿐이 아냐. 송 기자의 미래도 이 한 경기에 달려 있지."

"제 미래요?"

"그래. 만약 김태식이 팀을 옮긴다면 송 기자도 따라가야 하니까. 어쩌면 꿈에 바라던 뉴요커 생활을 경험할 수 있을지도 모르겠군."

"지금이 더 좋은데……."

뉴요커가 되는 것을 꿈꿨던 적이 잠시 있었다.

그러나 지금은 생각이 바뀌었다.

지난 1년간 샌디에이고라는 도시에 정이 들었기 때문이다.

또, 샌디에이고 파드리스의 감독과 선수, 구단 직원들과 친분이 쌓인 상태였다.

만약 김태식이 다른 팀으로 옮긴다면 다시 밑바닥부터 시작해야 할 터.

송나영이 원하는 미래는 아니었다.

"또… 내 미래도 달려 있어!"

"캡의 미래요?"

"그래."

"왜죠?"

"데이비드 오의 도움으로 샌디에이고 파드리스의 지분에 내전 재산을 투자했거든. 내가 조물주 위의 건물주가 되느냐? 아니면, 닭을 튀기는 처량한 세입자가 되느냐는 이 한 경기에 달려 있다고 해도 과언이 아니지."

긴장한 기색이 역력한 유인수에게 송나영이 물었다.

"캡이 보기에는 어때요?"

"뭐가?"

"조물주 위의 건물주가 될 것 같아요? 아니면, 닭을 튀기는 처량한 세입자가 될 것 같아요?"

"모르지."

"네?"

"야구도 인생도 모르는 거니까. 그렇지만 한 가지는 확실해."

"뭐죠?"

유인수가 대답했다.

"중압감과 부담감을 이겨내고 자신들의 색깔이 묻어나는 야구를 하는 팀이 결국 우승을 차지할 거야."

＊　　　　＊　　　　＊

"우승을 위한 묘책이… 있으시겠죠?"

마이크 프록터 단장의 질문을 받은 팀 서우드가 대답했다.

"묘책 따윈 없습니다.

그 대답을 들은 마이크 프록터 단장이 표정을 일그러뜨렸다.

"왜 아직까지 묘책을 찾아내지 못하신 겁니까?"

초조한 기색이 역력한 마이크 프록터 단장을 바라보던 팀 서우드가 웃으며 입을 뗐다.

"직접 하시죠."

"……?"

"단장님께서 저 대신 감독석에 앉으시라는 뜻입니다."

"그런 뜻이 아니라……."

"단장님이 초조하다는 것은 저도 알고 있습니다. 저도 마찬가지이니까요. 그렇지만 아까도 말씀드렸듯이 묘책은 찾지 못했습니다.

"왜입니까?"

"지금은 묘책을 찾을 때가 아니니까요."

"네?"

"믿고 기다릴 때입니다."

"……?"

"여기까지 온 이상 우리 선수들을 믿고 지켜볼 수밖에 없습니다."

팀 셔우드가 찾아낸 7차전의 해법이나 묘책은 없었다.

신뢰를 갖고 선수들을 지켜보는 것.

그게 팀 셔우드가 준비한 월드 시리즈 7차전의 경기 운용 방법이었다.

여전히 불안한 걸까.

초조한 기색을 지우지 못하고 있는 마이크 프록터 단장에게 팀 셔우드가 제안했다.

"잠시 단장직을 내려놓고 한 명의 관중으로서 경기를 즐기십시오."

18. 우승 반지에 욕심이 생겼다

"왜… 불이 켜져 있지?"

집 안의 불이 켜져 있는 것을 확인한 태식이 의아한 시선을 던졌다. 그렇지만 데이비드 오는 대수롭지 않게 대꾸했다.

"집에 불이 켜져 있는 것이 정상이 아닙니까?"

"그렇지만……."

"가족이 기다리고 있으니까요."

무슨 뜻일까.

태식이 재차 의아한 시선을 던졌지만, 데이비드 오는 더 설명해 주지 않았다.

대신 어서 안으로 들어가라고 재촉했다.

"들어가 보시면 될 겁니다."

결국 문을 열고 집으로 들어섰던 태식이 멈칫했다.

"아들, 왔어?"

어머니의 목소리가 반겨주었기 때문이다.

"어머니가 여길 어떻게……?"

"비행기 타고 왔지."

"하지만……."

"아들 밥 해주러 왔어."

"네?"

"우리 아들이 아주 중요한 경기를 앞두고 있다는데 내 손으로 맛있는 밥이라도 해 먹이고 싶어서."

태식은 반겨준 것은 어머니의 목소리만이 아니었다.

구수한 된장찌개 냄새와 집안 곳곳을 데우고 있는 사람의 온기도 태식을 반겨주었다.

그리고.

"오빠, 왔어요?"

앞치마를 두른 지수도 태식을 반겨주었다.

"지수, 너도 왔어?"

"당연히 와야죠."

"당연히?"

"바늘 가는 데 실이 따라가는 게 당연한 것 아닌가요?"

어머니를 바라보며 지수가 대답했다.

서로를 마주 보며 웃음을 짓는 두 사람의 모습이 참 보기 좋다는 생각을 하고 있을 때, 지수가 재촉했다.

"찌개 다 끓었으니까 일단 식사부터 해요."

"응? 그래."

엉겁결에 태식이 식탁 앞에 앉았다.

구수한 된장찌개를 비롯해서 갈비찜과 잡채까지.

진수성찬이 차려져 있는 식탁 앞에 태식이 앉아 있을 때, 어머니가 재촉했다.

"뭐 해? 찌개 식기 전에 얼른 먹어."

"네, 어머니!"

태식이 숟가락을 들어 뚝배기 안에서 끓고 있는 된장찌개를 떠서 입으로 가져갔다.

"맛이 어때?"

"맛있네요. 예전 제가 좋아하던 맛 그대로네요."

태식이 환하게 웃으며 대답하자, 어머니의 표정이 밝아졌다.

"지수가 했어."

"네?"

"된장찌개 지수가 끓였다고."

"정말요?"

"이제 애미보다 지수 음식 솜씨가 더 나아."

태식이 새삼스러운 시선을 던지자, 지수가 뺨을 붉힌 채 대답했다.

"아직 그 정도는 아니에요."

"아냐. 진짜 맛있어."

"오빠, 많이 드세요."

"그래. 잘 먹을게."

얼마만의 집 밥인지 몰랐다.

그래서 태식은 내일 경기에 대한 걱정 따윈 내려놓고 식탁 위에 놓여 있는 접시들을 열심히 비우기 시작했다.

 "여기요."
 지수가 테라스에 앉아 있던 태식의 앞에 유자차를 내려놓았
다.
 "고마워!"
 태식이 유자차를 한 모금 마신 후 희미한 웃음을 머금었다.
 "댓글이 맞네."
 "무슨 댓글이요?"
 "인생은 김태식처럼이란 댓글 말이야."
 "……?"
 "부와 명예, 그리고 사랑까지. 부족한 게 없는 것 같아서."
 "아직 하나 부족하죠."
 "뭐가 부족해?"
 "월드 시리즈 우승 반지."
 지수의 이야기를 들은 태식이 고개를 흔들었다.
 "욕심을 비웠어."
 "왜요? 자신 없어요?"
 "자신은 있어."
 "그런데요?"
 "야구는 모르니까."
 한 치 앞도 알 수 없는 인생처럼 야구는 몰랐다.
 4차전에서 기사회생한 샌디에이고 파드리스가 시리즈를 7차
전까지 끌고 오는 데 성공하며 월드 시리즈 우승에 가까워진 것

은 사실이었다.

그러나 고작 한 걸음 더 앞서 있을 뿐이었다.

언제든지 결과는 뒤바뀔 수 있었다.

그래서 태식은 너무 큰 욕심과 기대를 갖지 않으려고 애썼다.

기대가 크면 실망도 큰 법이었으니까.

"그런데… 어머니와 지수 때문에 생각이 바뀌었어."

"어떻게요?"

"욕심이 생겼어."

"……?"

"가정이 갖고 싶어졌거든."

"네?"

"가정을 이루려면 프로포즈를 해야 하잖아."

"프로포즈요?"

"그리고 프로포즈를 하려면 반지가 필요하지. 그래서 월드 시리즈 우승 반지가 꼭 갖고 싶어졌어."

비로소 말귀를 알아들은 걸까.

"오빠!"

지수의 목소리가 가늘게 떨렸다.

그런 그녀를 응시하며 태식이 말했다.

"조금만 기다려. 곧 프로포즈할 테니까."

＊　　　＊　　　＊

월드 시리즈 7차전!

슈아악!

샌디에이고 파드리스의 선발투수로 출전한 태식은 경기 초반부터 강속구를 뿌렸다.

"스트라이크아웃!"

최고 구속 162㎞의 강속구를 잇따라 뿌리면서 보스턴 레드삭스의 타자들을 압도했다.

정규 시즌보다 약 구속이 5㎞ 더 빠른 태식의 직구에 보스턴 레드삭스 타자들은 전혀 대처하지 못했다.

앤드류 베니테즈와 무크 베츠를 연속 삼구 삼진으로 돌려세운 태식은 3번 타자 잭 브래들리 주니어와의 승부에서도 거침없이 직구를 던졌다.

슈아악!

딱!

잭 브래들리 주니어가 이를 악물고 받아 쳤지만, 타이밍이 밀리며 타구는 3루 측 관중석으로 향했다.

노 볼 투 스트라이크.

배트를 짧게 쥔 채 비장한 표정을 짓고 있는 잭 브래들리 주니어를 힐끗 살핀 태식이 와인드업을 했다.

슈악!

부우웅.

태식이 선택한 3구는 커브였다.

직구를 노리고 있던 잭 브래들리 주니어는 배트에 공을 맞추지 못했다.

와아!

와아아!

세 타자 연속 삼진.

그것도 모두 삼구 삼진으로 돌려세운 태식이 마운드를 걸어 내려올 때, 펫코 파크를 가득 메운 홈 팬들이 함성을 쏟아냈다.

1회 말, 샌디에이고 파드리스의 공격.

리드오프인 에릭 아이바는 상대 선발투수인 에두아르드 로드리게스의 초구 직구를 받아 쳐서 중전 안타를 만들어냈다.

2번 타자 호세 론돈 역시 초구를 공략해서 1, 2루 간을 꿰뚫는 우전 안타를 때려냈다.

연속 안타로 만들어진 무사 1, 2루의 찬스에서 태식이 타석에 들어섰다.

'커브다!'

에릭 아이바와 호세 론돈에게 연속 안타를 허용할 때, 에두아르드 로드리게스가 던졌던 구종은 모두 직구였다.

가장 자신 있는 구종인 160㎞대 초반의 직구가 경기 초반부터 잇따라 맞아나가자, 에두아르드 로드리게스는 당황한 기색이 역력했다.

그런 그가 태식을 상대로 초구에 또 직구를 던질 가능성은 낮았다.

그래서 태식은 직구와 함께 에두아르드 로드리게스의 주 무기로 꼽히는 파워 커브를 던질 거라 예상한 것이었다.

스윽.

스으윽.

2루 주자인 에릭 아이바와 1루 주자인 호세 론돈.

모두 발이 빠른 주자들이었다.

언제든지 더블스틸을 시도할 수 있다는 듯 베이스와의 거리를 벌리고 있는 두 주자들로 인해서 투구에 집중하지 못했기 때문일까.

슈악!

에두아르드 로드리게스가 초구로 던진 커브는 가운데로 몰렸다. 그리고 태식은 실투를 놓치지 않았다.

따악!

와아!

와아아!

맞는 순간 홈런을 직감한 홈 팬들이 거센 함정을 내지르면서 벌떡 일어났다.

선제 쓰리런 홈런.

천천히 그라운드를 돌아서 더그아웃으로 돌아온 태식이 집중력을 유지하기 위해 애쓰고 있을 때였다.

와아!

와아아!

또다시 거센 함성이 일었다.

태식의 눈에 4번 타자로 출전한 코리 스프링어가 그동안의 부진을 만회하는 백투백 홈런을 터뜨리고 거센 콧김을 내뿜으며 그라운드를 도는 모습이 보였다.

4 : 0.

점수 차는 순식간에 벌어졌다.

예상치 못했던 전개이기 때문일까.

마운드 위에 서 있던 에두아르드 로드리게스의 얼굴이 벌겋게 달아올라 있었다.

또, 맞은편 더그아웃의 알렉시스 코라 감독 역시 당황한 기색이 역력했다.

"우리의 야구가… 나온다!"

테이블 세터진이 득점 찬스를 만들고, 클린업트리오가 어떻게든 타점을 올리는 짜임새 있는 야구가 샌디에이고 파드리스의 색깔이었다

월드 시리즈 7차전에서 마침내 그 색깔이 확연히 드러나고 있었다.

그리고 아직 끝이 아니었다.

슈악!

따악!

5번 타자인 티나 코르도바마저 질 수 없다는 듯 홈런 대열에 합류했다.

5 : 0.

점수 차가 다섯 점차로 벌어진 순간, 태식이 혼잣말을 꺼냈다.

"우리가… 이겼다!"

*　　　*　　　*

"야구는… 진짜 모르겠네요."

송나영이 고개를 절레절레 흔들었다.

11 : 0.

8회가 끝났을 때의 스코어였다.

월드 시리즈 7차전을 앞두고 샌디에이고 파드리스가 근소하게 우세하다는 평가가 있었다.

그렇지만 7차전까지 온 이상 보스턴 레드삭스도 순순히 물러나지는 않을 터.

마지막까지 승부의 결과를 알 수 없는 치열한 접전이 펼쳐질 것이라는 예상이 지배적이었다.

그러나 막상 뚜껑이 열린 7차전에서는 싱겁게 느껴질 정도로 샌디에이고 파드리스가 보스턴 레드삭스를 압도했다.

이렇게까지 압도할 것을 예상치 못했기에 송나영이 꺼낸 말을 들은 유인수가 웃으며 입을 뗐다.

"샌디에이고 파드리스가 자신들의 야구를 했기 때문이지."

송나영이 고개를 끄덕였다.

월드 시리즈 7차전에서 샌디에이고 파드리스의 경기력은 완벽했다.

정규 시즌 막바지와 디비전 시리즈, 그리고 챔피언쉽 시리즈까지.

16연승을 내달리던 샌디에이고 파드리스의 모습 그대로였다.

"반면 보스턴 레드삭스는 자신들의 야구를 못 했어. 경기 초반에 선발투수인 에두아르드 로드리게스가 무너지면서 자신들의 장점인 두터운 불펜진과 든든한 마무리를 활용해 볼 기회를 놓쳐 버렸으니까."

유인수의 말대로였다.

보스턴 레드삭스는 장점을 살리지 못한 채 월드 시리즈 7차전에서 무기력한 경기를 펼쳤다.

"한동안 바빠지겠네."

"네?"

"샌디에이고 파드리스의 월드 시리즈 우승 뒷이야기를 기사에 담아야 할 테니까."

"많이 바빠지겠네요. 그렇지만… 즐겁네요."

송나영의 눈에 입이 귀에 걸려 있는 유인수가 보였다.

"캡, 축하드려요."

"뭘?"

"곧 조물주 위의 건물주가 되실 테니까요."

슈아악!

부우웅!

"스트라이크아웃!"

후우.

보스턴 레드삭스의 3번 타자 잭 브래들리 주니어를 헛스윙 삼진으로 돌려세운 태식이 크게 숨을 내쉬었다.

이제 월드 시리즈 우승까지 남은 아웃 카운트는 단 하나.

창단 후 첫 월드 시리즈 우승을 확신하는 펫코 파크의 홈 팬들은 일제히 기립한 채 태식에게 환호와 박수를 보내주고 있었다.

타석에는 4번 타자인 젠더 보카츠가 들어섰다.

슈아악!

"스트라이크!"

슈아악!

"스트라이크!"

몸 쪽과 바깥쪽.

잇따라 두 개의 직구를 던져서 유리한 볼카운트를 선점한 태식이 마지막 공을 남기고 관중석 쪽으로 고개를 돌렸다.

'눈 훈련을 한 보람이 있기는 하구나!'

태식이 쓰게 웃었다.

한참 거리가 떨어져 있었지만 VIP석에서 경기를 지켜보고 있는 마이크 프록터 단장이 울고 있는 모습이 똑똑히 보였다.

더그아웃 감독석에 앉아 있는 팀 셔우드 역시 마찬가지였다.

그의 눈자위는 붉게 변해 있었다.

그리고.

선수들도 마찬가지였다.

금방이라도 울음을 터뜨릴 듯한 표정으로 각자 수비 위치에 서 있었다.

"실책하기 딱 좋은 상태로군!"

태식이 작게 혼잣말을 꺼냈다.

해서 태식은 결심했다.

젠더 보카츠를 삼진으로 잡고 경기를 끝내겠다고.

마지막으로 태식이 역시 VIP 석에서 경기를 지켜보고 있는 어머니와 지수를 바라보았다.

기도라도 하듯이 양손을 모으고 있는 어머니와 지수를 확인한 태식이 글러브 속에 들어 있던 공을 움켜쥐었다.

너클볼 그립을 쥔 태식이 와인드업을 했다.

"끝내자!"

슈악!

태식의 손을 떠난 마구가 홈 플레이트를 통과했다.

19. 기적의 사나이

"고맙네."

마이크 프록터 단장이 앞에 놓여 있던 와인 잔을 들어 올리며 태식에게 말했다.

"여기까지 올 수 있었던 것, 모두 자네 덕분이네."

"저 혼자 한 일이 아닙니다. 감독님부터 팀원들까지 모두 힘을 합친 덕분에 여기까지 올 수 있었습니다."

태식도 앞에 놓인 와인 잔을 들어 올리며 대답했다.

"자, 한잔 들게."

마이크 프록터 단장이 와인을 한 모금 마셨다.

태식도 와인 잔을 들어 입으로 가져갔다.

그 모습을 유심히 지켜보고 있던 마이크 프록터 단장이 고개를 절레절레 흔들었다.

"자넨 참… 대단하군."

"네?"

"오늘 같은 날에도 와인을 마시지 않고 탄산수를 마시다니 말일세."

마이크 프록터 단장의 말대로였다.

태식의 앞에 놓인 와인 잔에 담겨 있는 것은 와인이 아니었다.

와인 대신 탄산수가 담겨 있었다.

"비록 나보다 한참 나이가 어리지만, 내게 존경을 받을 자격이 있어."

감탄한 표정을 짓던 마이크 프록터 단장이 동석한 데이비드 오를 바라보았다.

"데이비드 오는 좋겠군요."

"뭐가 말입니까?"

"이렇게 자기 관리가 철저한 선수의 에이전트를 맡고 있으니까요."

"김태식 선수는 앞으로 최소 십 년은 계속 선수 생활을 할 수 있을 겁니다."

"십 년… 이요?"

"네."

"무슨 뜻인지 알겠습니다."

마이크 프록터 단장이 환한 웃음을 지었다.

'재밌네!'

두 사람 사이에 오가는 대화를 듣던 태식의 입가로 희미한 웃음이 번졌다.

얼핏 들으면 실없는 농담처럼 느껴지는 이야기.

그렇지만 언중유골이랄까.

농담 속에 뼈가 숨어 있었다.

데이비드 오가 이미 삼십 대 후반인 태식이 최소 십 년간 선수 생활을 할 수 있을 거라고 말한 것은 개인의 바람을 표출한 것이 아니었다.

비록 삼십 대 후반이지만 김태식은 건강하다.

올 시즌에 이미 건강함을 증명했다.

또, 조금 전에 철저하게 자기 관리를 하고 있는 것을 직접 확인하지 않았느냐?

방금 데이비드 오가 던졌던 말 속에 숨어 있었던 진짜 의미는 장기 계약을 노린다는 것이었다.

마이크 프록터 단장은 그 말 속에 숨어 있던 의미를 알아챘다. 그리고 그는 곤란한 표정을 짓는 대신 환하게 웃었다.

장기계약을 이미 염두에 두고 나왔다는 뜻이었다.

"저는 샌디에이고 파드리스의 미래를 머릿속에 그리고 있습니다. 그래서 김태식 선수의 계약이 중요합니다."

"계속 말씀하시죠."

"저는 김태식 선수가 내년에도 샌디에이고 파드리스 소속 선수로 뛰기를 간절히 바라고 있습니다. 우리 팀에 꼭 필요한 선수이기 때문입니다."

마이크 프록터 단장이 말을 마친 순간, 태식이 와인 잔을 들어 탄산수를 쭉 들이켰다.

'내 목표들 가운데 또 하나가 이뤄졌구나!'

신체 나이가 스무 살 무렵으로 돌아가는 기적이 벌어진 후, 태식은 여러 가지 목표들을 세웠다.

그 가운데 하나가 팀에 꼭 필요한 존재가 되는 것이었다.

저니맨 김태식.

한 팀에 정착하지 못하고 저니맨으로 여러 팀을 전전했던 것은 결국 태식이 팀에 꼭 필요한 존재가 되지 못했기 때문이다.

그 상황을 바꾸고 싶었는데.

방금 마이크 프록터 단장은 태식이 샌디에이고 파드리스라는 팀에 꼭 필요한 존재라고 말했다.

그동안의 노력을, 또 자신의 가치를 인정받은 셈이었다.

'저 역시 제 가치를 인정해 주는 샌디에이고 파드리스를 위해서 뛰고 싶습니다!'

그래서일까.

하마터면 이 말을 입 밖으로 내뱉을 뻔했던 것을 태식이 간신히 참아냈을 때였다.

"조건이 맞으면 단장님의 바람이 이뤄질 수 있을 겁니다."

데이비드 오는 역시 태식과 달랐다.

감정보다 이성을 앞세웠다.

"제가 준비한 계약 조건을 말씀드리겠습니다. 계약 기간은 4+1년. 총액 1억 3,500만 달러. 어떻습니까?"

태식이 두 눈을 깜박였다.

"제가 책임지고 대박 계약을 체결해 내겠습니다."

데이비드 오가 자주 꺼냈던 말이었다.

물론 태식도 올 시즌의 좋은 활약 때문에 자신의 몸값이 치솟았다는 사실을 알고 있었다.

그렇지만 막상 계약 조건을 듣고 나자 또 느낌이 달랐다.

'1억 달러?'

한화로 무려 천억이 넘는 돈이었다. 그리고 그게 다가 아니었다.

마이크 프록터 단장은 총액 1억 3,500만 달러 계약을 준비했다고 말했다.

즉, 한화로 환산하면 무려 1,500억 원이었다.

불과 1년 전, 태식이 제시받았던 연봉은 5,000만 원이었다.

그런데 그로부터 1년이 흐른 시점인 지금, 당시와 감히 비교할 수 없을 정도로 엄청난 연봉을 제시받았다.

'실감이 나질 않아!'

그래서 태식이 멍한 표정을 짓고 있을 때, 데이비드 오가 고개를 돌렸다.

데이비드 오 역시 예상치 못했던 걸까.

살짝 당황한 기색을 드러내고 있었다.

'저는 나쁘지 않다고 생각하는데 어떻습니까?'

데이비드 오가 눈빛으로 물었다.

태식도 만족한다는 뜻으로 고개를 끄덕이자, 데이비드 오가 마이크 프록터 단장에게 고개를 돌렸다.

"좀 더 정확한 계약 내용을 알려주십시오."

"4년간 1억 달러를 보장하겠습니다. 그리고 나머지 1년은

3,500만 달러의 옵션을 발동하려고 합니다."

"구단이 1년 계약 연장을 원하면 3,500만 달러를 연봉으로 지급한다?"

"맞습니다."

"흐음!"

데이비드 오가 고심에 잠긴 순간, 마이크 프록터 단장이 다시 입을 뗐다.

"빅 마켓 구단들이 김태식 선수를 탐내고 있다는 것을 알고 있습니다. 어쩌면 그들은 더 많은 금액을 제시할 수도 있을 겁니다. 그렇지만 선뜻 장기 계약을 맺으려는 구단은 찾기 힘들 겁니다."

마이크 프록터 단장의 말이 옳았다.

1년 혹은 2년.

빅 마켓 구단들이 더 많은 연봉을 제시할지 몰라도, 그들은 삼십 대 후반인 태식의 나이를 감안해 장기 계약을 맺으려 들지 않을 확률이 높았다.

또, 그들이 제시할 연봉 액수도 샌디에이고 파드리스가 제시한 연봉과 아주 큰 차이가 나지는 않을 터였다.

"아직 끝이 아닙니다."

그때, 마이크 프록터 단장이 다시 말했다.

"또 뭐가 남았습니까?"

"샌디 바에즈를 잡겠습니다."

"……?"

"앞으로도 계속 월드 시리즈 우승에 도전하겠다는 뜻입니다.

이제 제가 바라는 샌디에이고 파드리스의 미래입니다."

마이크 프록터 단장이 청사진을 밝힌 순간, 태식이 의자에 묻고 있던 등을 뗐다.

"긍정적으로 검토해……."

데이비드 오의 말을 도중에 자르며 태식이 입을 열었다.

"샌디에이고 파드리스의 프랜차이즈 스타가 되고 싶습니다."

그 말이 끝난 순간, 마이크 프록터 단장과 데이비드 오의 표정은 극명하게 갈렸다.

데이비드 오는 당황한 기색이 역력했다.

조금 더 협상을 끌면서 더 좋은 조건을 끌어내려는 계산이 어긋났기 때문이리라.

반면 마이크 프록터 단장의 표정은 밝아졌다.

태식과 계약을 맺는 데 성공했다고 판단했기 때문이리라.

"너무 성급하게……."

"이 정도면 충분하다고 생각합니다."

"하지만……."

"단장님이 저를 원하고 있다는 마음이 전해졌으니까요."

태식이 웃으며 마이크 프록터 단장에게 덧붙였다.

"단장님이 그리고 계신 미래에 함께하겠습니다."

*   *   *

ASPN의 캐스터인 넬슨 라이언.

그가 속사포처럼 말을 쏟아냈다.

"펫코 파크는 정말, 정말 이상한 곳입니다. 월드 시리즈 7차전, 홈 팀인 샌디에이고 파드리스가 뉴욕 양키스에게 4 : 7, 석 점차로 뒤지고 있는데도 불구하고 홈 팬들의 열기는 엄청나게 뜨겁습니다. 마치 샌디에이고 파드리스가 석 점 뒤진 것이 아니라 석 점 앞서고 있다고 착각할 정도입니다."

역시 ASPN에서 활약하는 저명한 해설가 댄 코스비가 말을 받았다.

"넬슨이 잊고 있는 게 하나 있습니다. 샌디에이고 파드리스는 지난 3년간 무려 두 차례나 월드 시리즈 우승을 차지했을 정도로 엄청난 저력이 있는 팀이라는 사실 말입니다. 만약 올 시즌까지 월드 시리즈 우승을 차지한다면, 무려 4년간 3차례나 월드 시리즈를 제패하는 전무후무한 팀이 되는 것이죠."

"올해는 힘들 것 같은데요. 이제 9회 말 마지막 공격만을 남겨두었고, 마운드에는 아메리칸 리그 최고의 마무리 투수인 트레비스 호프만이 올라왔으니까요."

"저력이라는 건 그냥 생기는 게 아닙니다. 그리고 넬슨은 한 가지 더 깜박하고 있는 게 있군요."

"제가 뭘 깜박하고 있다는 건가요?"

"김태식이란 최고의 선수가 샌디에이고 파드리스 소속 선수라는 것을요. 패색이 짙게 드리워져 있음에도 불구하고 펫코 파크의 홈 팬들이 기대를 버리지 못하는 이유는 기적의 사나이라고 불리우는 김태식 선수를 믿기 때문입니다."

"기적의 사나이가 오늘도 기적을 만들 수 있을까요?"

"함께 확인하시죠. 월드 시리즈 7차전, 9회 말 2사 만루 상황에서 기적의 사나이 김태식이 마침 타석에 등장했으니까요."

*   *   *

"떨리네요."

개막전 선발투수로 출전을 앞두고 있는 태식이 소감을 말하자, 이철승 감독이 어이없다는 표정을 지었다.

"월드 시리즈 우승 반지를 세 개나 끼고, 2년 연속으로 사이영 상까지 수상했던 자네가 떨린다고?"

"오랜만이니까요."

"응?"

"고국의 마운드에 서는 것 말입니다."

"하긴 그럴 수도 있겠군."

작게 고개를 끄덕이던 이철승 감독이 다시 입을 뗐다.

"어쨌든… 고맙다."

"뭐가요?"

"함께 뛰겠다는 약속을 지켜줘서."

"꼭 감독님과 했던 약속 때문에 한국에 돌아온 것은 아닙니다."

"다른 이유가 또 있다?"

"네."

"뭐지?"

"아직 이루지 못한 것이 있기 때문입니다."

"자네가 이루지 못한 것이 아직 남아 있나?"

"네. 제가 세운 목표들 가운데 딱 하나 남았습니다."

"그게 뭔가?"

"한국 시리즈 우승을 해보고 싶습니다. 월드 시리즈 우승은 세 번이나 했는데 한국 시리즈 우승 경험은 아직 없으니까요."

신체 나이가 스무 살 시절로 돌아오는 기적이 벌어진 후, 태식이 세운 목표들 가운데 유일하게 남은 것은 한국 시리즈 우승이었다.

"그런데 왜 1년 계약을 맺었나? 자네가 원했다면 역대 최고 대우로 4년 이상의 계약도 충분히 가능했을 텐데."

"한국 시리즈 우승이라는 목표를 달성하는 데 1년이면 충분하니까요."

"자신감은 여전하군."

"그리고 마이크 프록터 단장이 다시 돌아오라고 하더군요."

"샌디에이고 파드리스로?"

"네. 1년 옵션 계약은 유효하니 언제든지 다시 돌아오라고 했습니다."

"그래서… 다시 돌아갈 생각인가?"

태식이 웃으며 대답했다.

"다시 돌아갈 수도 있습니다. 늦게 핀 꽃이 오래간다는 말처럼, 저도 야구를 오래할 생각이니까요."

와아!

와아아!

심원 패롯스 홈 팬들의 환호 속에 태식이 마운드 위에 섰다.

슈아악!

파앙!

'저니맨의 대명사'에서 '기적의 사나이'로.

메이저리그와 KBO 리그의 역사를 새로 써 내려가면서 레전드의 길을 개척해 가고 있는 태식이 던진 공은 용덕수가 앞으로 내밀고 있던 미트로 빨려 들어갔다.

태식의 공을 받은 용덕수가 만면에 웃음을 지은 채 소리쳤다.

"형, 아직 살아 있네요. 공 죽입니다!"

태식도 환하게 웃으며 소리쳤다.

"미라클 김태식!"

『저니맨 김태식』 완결

초대형 24시 만화방

신간 100%, 샤워실, 흡연실, 수면실(침대석), 커플석, 세탁기 완비

■ 광명 광명사거리역점 ■

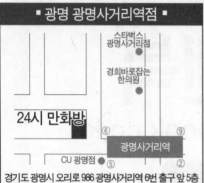

경기도 광명시 오리로 986 광명사거리역 6번 출구 앞 5층
02) 2625-9940 (솔목타워 5층)

■ 강북 노원역점 ■

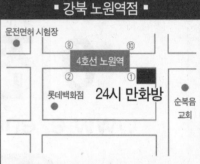

서울 노원구 상계동 340-6 노원역 1번 출구 앞 3층
02) 951-8324 (화용빌딩 3층)

■ 일산 정발산역점 ■

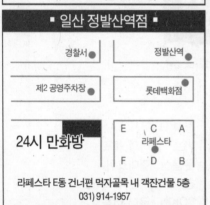

라페스타 E동 건너편 먹자골목 내 객잔건물 5층
031) 914-1957

■ 일산 화정역점 ■

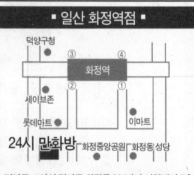

경기도 고양시 덕양구 화정동 984번지 서일빌딩 7층
031) 979-4874 (서일사우나 건물 7층)

■ 부천 역곡역점 ■

역곡남부역 기업은행 건물 3층
032) 665-5525

■ 부평역점 ■

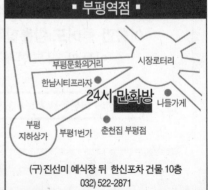

(구)진선미 예식장 뒤 한신포차 건물 10층
032) 522-2871

크레도 장편소설
FUSION FANTASTIC STORY

톱스타 이건우

열정만으로 성공하는 것은 아니다!

어중간한 실력으로 허송세월하던 이건우.

그의 앞에 닥친 갑작스러운 사고와 함께 떠오르는 기억.

'나는 죽었는데 살아 있어. 그건 전생? 도대체……'

전생부터 현생까지 이어지는 인연들.
그리고 옥선체화신공(玉仙體化神功)…….

망나니처럼 살아온 이건우는 잊어라!
외모! 연기! 노래!
삼박자를 모두 갖춘 최고의 스타가 탄생한다!

Book Publishing CHUNGEORAM

유행이 아닌 자유추구-
WWW.chungeoram.com

한의 韓醫
스페셜
리스트

가프 장편소설

FUSION FANTASTIC STORY

돌팔이 소리만 듣던 한의사 윤도.

달라지고 싶은 마음에 찾아간 중국 명의순례에서
버스 추락 사고에 휘말리고 마는데······.

구사일생으로 살아 돌아온 지 30일.
전에 없던 스페셜한 능력들이 생겼다?

초짜 한의사에서 화타, 편작 뺨치는 신의로!
세상의 모든 질병과 인술 구현에 도전한다!

Book Publishing CHUNGEORAM